50后的青春

陆昕 著

文化藝術出版社
Culture and Art Publishing House

自序

《50后的青春》，顾名思义，是一本讲述生于50年代的人的回忆作品。其内容无非是我从小学起直到长大成人的家庭和社会生活，似乎并无特别之处。但若说到个人，我却有独特的感受。这就是每当回想到自己的人生旅程，总有个强烈的感觉，就是命运的不可控。命运从来不会按部就班，人定胜天是欺人之谈。人随世变，时移势易。人和社会永远在弯弯曲曲地前行。但无论多曲折，它总是向前，总要向前，这是铁律。

实事求是，我的家庭条件，在过去比较优越。独居不算小的院落，人口不多，经济宽裕，管教严格。自己除了上下学，就是在家看书，很少出门。直到小学毕业，我一直以为街坊四邻所有人也都这样生活。

"文化大革命"一来,天翻地覆,这才第一次睁开了眼,看到了外边的世界。随后的罢课造反,复课闹革命,上山下乡,接受再教育,返城找工作,高考念大学,改革开放,走出国门,下海经商,一个又一个惊涛骇浪中,小小少年即将进入耄耋老年。无眠之夜,往日来袭,沉浸并感谢所经历的一切,特别是"文化大革命",它让我领教了人间不光有真善美,更有假恶丑以及它所滋生的种种分泌物。同时,这些经历也告诉我,要用大悲、大爱去看人间,去生活。

因而,写作时,不想单纯地讲故事,说民俗。发发叹息,来段抒情,不是不可以,但意思不大。书的内容,大致有这样几个部分,第一,围绕我的祖父,讲述我的家庭。以我的小学、中学、大学为中心,讲当时的社会。第二,作为土生土长的北京人,讲北京习俗,却不是怎么包饺子、蒸包子、过节迈门槛之类,而是小时候对我个人来说难忘的"小事"。第三,知青岁月。与主流知青文学最大不同的是,我讲了如何办病退(假病退)的全过程。第四,讲了我对北京,这座名城方方面面的认识,以及林林总总的回忆和感情,"家乡的风,万种柔情"。最后,以十六首古诗,描绘了我所经历的人、岁月、生活。

书中所收照片展现了从 60 年代初到 70 年代中的我的家庭。从 60 年代的西服照到"文化大革命"的像章照,再到 70 年代的干部服、学生装,一段形象的历史。

至于写得如何,读者当自有评断。

目录

- 我的大学 — 001
- 考学前后 — 007
- 我的小学 — 015
- 祖父谈美味 — 029
- 我的祖父陆宗达 — 041
- 下酒菜 — 061
- 炸灌肠 — 070
- 忆美食 — 076
- 公交往事 — 079
- 市井生活 — 081

潘家园记游	084
浮生半日闲	087
公厕的故事	090
票证的记忆	093
痞满四合院	096
大字报的用处	098
炉子爷	100
糊窗纸	103
南北饮食	107
头锅饺子二锅面	111
口味低	116

春风杨柳	130
书上的雪泥	134
买苹果	141
吃「老莫」	147
拍婆子	149
昨天	152
船歌	155
划船	159
夜风	162
北京五题	170
办病退	172
生日	175

火树银花不夜天	187
看胜利日阅兵式	185
忆中永远是初见	181
遥远的星	178

文物	195
履痕	198
忆昔	199
旧梦	200
北海	204

航拍北京夜景	205
紫禁城行走	206
中秋漫题	207
『改开』之初	208
人间天上！	209
胡同	210
男女	211
京俗	213
紫竹院	216
什刹海	217
琉璃厂	218

20世纪60年代拍摄的全家福,第二排左一为本书作者。第一排居中者为作者的祖父和祖母。

中华人民共和国成立之初,因为需要,父亲中断学业,分至市公安局,参加军管工作。

1978年，我迈进北京师范学院（今首都师范大学）的校门，又开始了一个梦想的起点。那年，我二十五岁。

我的祖父陆宗达

我的祖父陆宗达,字颖明,又字颖民,以学问文章名世,但他的性格气质和一生中许多曲折的经历,却不大为人所知。

我家祖籍浙江省慈溪县,但从六七代人以前便定居北京。我小时候,有一次偶然听祖父在闲谈中说起,我家祖先本不姓陆,不知什么原因过继给一户姓陆的人家。后来姓陆的人家到北方来做生意,在京城落下脚,所以我家的几代祖先一直经商。我的高祖经营药房和帽铺,家境比较殷实。曾祖曾入中国最早的邮政局做事,除了继承上辈的药房外,又购置了些房产。但封建社会商人有钱而无地位,所以家里培养祖父念书,希望他光耀门庭。祖父从小天资颖悟,聪明过人。上小学时,考入著名的京师附小(今北京第一实验小学),

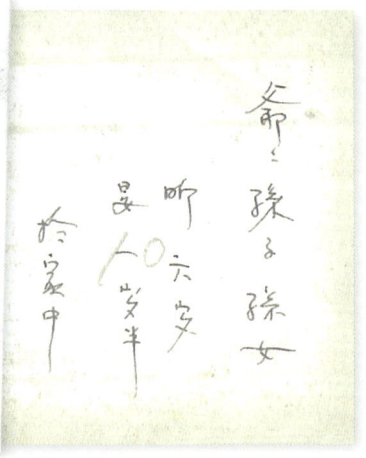

◆ 20世纪50年代作者和妹妹与祖父陆宗达拍摄于家中

而且直接考二年级,又由于成绩优异,校方特准从三年级读起。上到五年级时又提前一年考入四中。在四中读书时,祖父最喜欢数学,数学老师解不出的难题,常常让他到教室前解答,而他每次总能解出来。但祖父的数学天分没有遗传给我,我从小严重偏科,语文不费力,数学费力不讨好,祖父经常给我补课。我的三姨那时在北京上大学,周末常来我家玩儿。她说:"那会儿我常见爷爷坐在北屋廊子上给你讲数学,讲好几遍你都不开窍。我都着急了,爷爷倒真有耐心,还不慌不忙、一板一眼地给你讲。"但祖父也有失去"耐心"的时候,那是20世纪60年代中，一年秋天的晚上，祖父从新疆饭店开会回来，买了当时很难得的葡萄干给我。进家一看，我正坐在书桌前咬着铅笔冲着作业发呆，祖父一看就知道是数学，于是说："我给你做。你上屋里吃葡萄干去。"我至今仍记得书房里昏黄台灯下祖父那略微前倾的身影。

祖父与祖母结婚时年仅十七岁，祖母二十二岁，婚事是曾祖父、曾祖母包办的。

祖母也出生于商人之家，她的父亲是北京通县县城里有名的地主兼商人。乡下有土地，城里有买卖，祖母在家时很受父母宠爱，出嫁时光箱笼、家具、衣物、陈设就足足有一屋子之多。但是祖母告诉我，她一进祖父家的家门，老太太，即我的曾祖母，就给她立了规矩，对她说："我就这么一个儿子（祖父没有兄弟姐妹），你可不能限制他。"祖母常说她受了一辈子老太太的气。

我常想，祖父能够在事业上取得成功，同时又充分享受生活而毫无牵挂，毫无后顾之忧，不能不归功于祖母。先从口福上说，祖母长于烹调，除去炒一手好菜，吃饺子拌馅儿尝咸淡，只用鼻子一闻即知合适不合适。祖母每年冬天都亲手制作豆儿酱，用青豆、黄豆、胡萝卜丁儿、豆腐干丁儿和肉皮做好，放到廊檐下用捧盒冰着，这是祖父每年冬天必吃的。

同样，祖父也只有吃祖母抻出的面和包出的饺子、包子才有味道。那时我们家有一些做点心的模子，有刺猬、兔子、猫、熊等形状。祖母做果酱包，用模子一磕，出来就是一个个可爱的小动物。祖父有个终身不变的爱好，即请客吃饭。一个星期中，少则一两次，多则三四次要请人吃饭，而且人越多越好。在饭桌上，祖父也不怎么吃，而是瞧着别人吃他高兴，众人跟他说话他高兴，总之是好热闹。而这请客的安排，全落到祖母头上。祖母不仅要算计买什么菜，而且还要安排出喝酒的酒菜，吃饭时的热菜，最后喝什么汤，然后她再带着保姆去弄。等预备得差不多了，再来叫坐在客厅里抽烟喝茶、高谈阔论的祖父和客人们去吃。有时来人太多，大家也一起包饺子。前两年我见到如今已年近八十的北师大中文系教授李大遽，聊起当年的事，他说："师母那会儿还夸我会擀饺子皮儿呢，说又快又好。"

祖父是个性情浪漫、喜欢生活的人。他通晓昆曲，会吹笛子，并曾粉墨登场，又爱访名胜古迹，游山玩水。他在北大的课即是"浪漫"的一个明证。《汉语大词典》主编、著名学者罗竹风先生曾回忆道："我在北大听陆先生讲课时，陆先生不过二十来岁，高高的个儿，留中分头，外边一件长衫，里边雪白的衬衣，两个白袖口翻在外边。进教室时，一手夹皮

◆ 作者兄妹与母亲拍摄于20世纪60年代

包,一手夹一支纸烟。上了讲台,开口便讲,非常潇洒,真是翩翩少年。"祖父也曾跟我说过,他年轻时,一逢下雪,便去公园,泡一壶茶,拿一本书,边读边赏雪景。他还爱看外国电影,那时电影都是无声片,他最爱看的是卓别林的片子,并把卓别林念成"贾柏林"或"贾派林"。有时我更正他,祖父反驳说,那时就译作"贾柏林"。

他结交极广,所交之人来自四面八方,三教九流都有。除了语言文学界的师友以及其他领域的教授,还有社会各阶层的人物，比如梨园界即有戏曲评论家齐如山、京剧演员马连良等人。祖父的一生中与他来往最为密切的是赵元方（银行家、藏书家，清朝大学士、军机大臣荣庆之后），朱家济（书法家、文物鉴定家，故宫博物院研究员朱家溍先生之兄），马巽伯（北京大学国文系主任马裕藻先生之子），汪孟涵（北京四大名医汪逢春之子）及牟润孙等人。如今，这些人与事，虽化烟云，也依然会在窗前飘过。

请扫描二维码，
聆听本文背后的
故事

祖父谈美味

祖父终其一生，对穿、用、住皆不大讲究，连睡了三十多年的一张双人铁床还是从委托行买来的、长不够长宽不够宽的处理品。但对于吃，则绝对奉行孔子"食不厌精，脍不厌细"的原则，精益求精，他说自己从季刚先生那里学了两个本领，一个是学问，一个是吃。前者用苦功换来，后者自身即其乐无穷。祖父说季刚先生一顿饭要吃四五个钟头，大小馆子，处处吃遍，一边喝酒吃菜，一边传道授业，常至夜阑方散。所以祖父一边问学，一边学吃，终于把这二者的精髓都学到了手，在美食上也成为大家。

祖父在吃上有很高的知名度，北京一般老字号的饭馆都知道他。我有时陪他去饭馆，一些老厨师、老经理见了他，都紧忙着过来打招呼，岁数大技艺高的老师傅们也亲自下厨做菜，招待得殷勤备至。祖父对我说："你现在见的都不是我当年熟识的那些师傅了。当年的老人们如今没剩下几个。这些师傅绝大多数是过去的'小力巴儿'，而今也都顶上灶了。"有年举行全国烹饪大赛，请祖父做评委，回来后我问如何，祖父说："要说实话，没一样好吃的，看着就够了。"他告诉我，美食不一定花钱多，而是要吃出那个味儿来。他说当年北京有个专门卖炒疙瘩的饭铺，当灶的是母女俩，姓穆，其形貌有巾帼英雄气，因此人们给此店起名为"穆柯寨"，母号"穆天王"，其女自然呼为"穆桂英"。其炒疙瘩做得味美无比，甚有口碑，祖父时不时要往"寨"中走一回。祖父对北京小吃很有兴趣，他最爱喝豆汁儿，用辣咸菜丝和焦圈儿就着。他常说："不会喝豆汁儿的人算不上真正的北京人。"有一回，他带我去，让我喝了一口，我差点没吐出来，闭着眼睛咽了下去，他还问："怎么样？"我说："又酸又臭，像泔水！"他说："要的就是这泔水味儿！你喝惯了就会上瘾。"祖父又说："能喝豆汁儿可算北京人，但得能吃麻豆腐才算地道的老北京。"他在病重弥留之际，还想喝豆汁儿。我上护国寺小吃店买了送到医院，使祖父的愿望得以满足。早点他最爱吃马蹄烧饼夹焦圈儿，尤其对焦圈儿情有独钟，我常去买,一次买十个,纸绳一穿,左手拎着,右手托几个马蹄烧饼,回家后扯开烧饼,一夹焦圈儿,又酥又脆,满口生香,确实比大火烧加油饼强多了。祖父爱吃春饼,在将酱肘子肉、鸡丝、肚丝、鸡蛋、炒豆芽、炒粉丝连同葱丝、甜酱往饼里裹时,祖父先将一根筷子插在饼里头,裹好后再将筷子撤出来,所以他的饼裹得又圆又大又紧,他常常自鸣得意,说:"瞧我裹得有铺盖卷儿那么粗,还不散。你们裹得那么细,还老往下掉东西。"启功先生说,卷时往饼里插根筷子是对的,就像他们搞书画的卷画时,得有轴才能卷紧。他还喜欢吃烫面饺子,尤其是羊肉西葫芦馅,用他自己的话说:"一顿能招呼好几十。"如果是煮饺子,他的饺子必须用小锅五个五个一下,后来在家人几次抗议下,通融为可以十个十个一下,但不准一次下二十多个。

祖父确实会吃,也讲究吃。他爱吃晋阳饭庄的刀削面,让我去买时,告诉我不要店里的卤,而是买两块过油肉,回家后把过油肉浇在面上,那才好吃。到前门月盛斋买烧羊肉,要带个瓶子,因为要带一些烧羊肉汤回来下在面里,吃起来才香。吃涮羊肉之前,必让我到西单某处买绿豆做的杂面,吃完涮羊肉,用汤煮杂面,评论是"美极了"!熬鸡汤时,他教给保姆的方法是:"先烧壶开水,把鸡搁在锅里,用开水浇。浇完了,盖上锅盖点火,开了锅,捻小火,不能让汤起泡。最后这鸡汤是焖成的,极好喝。可有一样,鸡就别吃了,肉全是柴的,精华全在汤里头。"同时他还教了保姆其他一些做菜的方法。实践后,保姆的评价是:"爷爷虽不会做,但特会说。"吃肉,他的理论是要吃红烧肘子、东坡肉、米粉肉、坛子肉等真正的烧肉。吃的时候也只是一两块,点到为止,不能多吃、拼命吃,尤其不能吃炒菜里的肉。他说:"炒菜吃的是菜,那里边的肉绝不能吃,那肉是给菜调味儿的。"我口味低,有肉就吃,有肉就成,这使他很不满意,常常指责我长了一个"低水平的胃"。临末了儿,还总拉长声音来句:"肉食者,鄙——""鄙"字后面还拖个长长的韵尾,也不管旁边有没有外人。

关于吃肉,祖父常爱讲我的一件往事。那是"三年经济困难"时期,我正上小学一二年级。一天,家里做了红烧肉,我拼命吃,速度奇快。忽然间,头一抬,眼神一定,嘴张着,不动了。"一看就是让肉给噎着了。"家人着急了,全都过来掏这块肉。"其实没人和他抢。肉每回都是紧着他吃。"祖父笑道。

过去一到冬天,细菜很少,大白菜成了看家菜。但对大白菜,祖父也有其独特吃法。记得"文化大革命"前不久,祖父同学校里的一些老先生去周口店劳动一个月。快回来时,祖母让我给祖父写信，问问回来那天想吃什么。祖父回信说："最想吃天福斋的丸子、炉肉、大肚熬白菜。"于是祖母赶紧打发我去买，在他回来那天做好等着。祖父回来后只喝白菜汤，说"真是太美了"，称之为"奶汤白菜"。但对其中那些他称之为佐料的丸子、卤肉、大肚则不理会，结果这些东西当仁不让地流进了我那个虽然"低水平"却十分欣喜的胃。

"文化大革命"中，师大红卫兵让他交代"资产阶级生活方式"，祖父交代的是，20世纪20年代某年初春在北平出名的小有天饭馆花五块大洋吃鸡油烩豌豆。红卫兵听后把桌子一拍，说祖父不老实，理由是："你有五块大洋，不吃红烧肉吃青菜，你还老实？！"说到这儿，祖父还加上一句："你就跟这个红卫兵一个水平！"这菜有何名贵呢？还是母亲作了解释。她说，那时还没有大棚，蔬菜没法越冬，所以初春时长出的豌豆荚，里边的豆子还未成型，一咬一口浆。再用热油来烩，又要鲜嫩不破，很难做出来，要有很高的厨艺。

祖父讲的一些有关"吃"的见闻也很有趣，比如他有一次谈到20世纪20年代去某饭庄吃鲤鱼，进店就奔楼上，因为楼上是雅座，伙计连忙过来招呼。祖父说："伙计说话可有意思了。他招呼你坐下，问好几位，就问：'吃什么你老？''你老'就是'您'。回说'吃鱼'。那时鱼都用木盆养着，放在楼下。

伙计听了，点点头，'噔噔噔'下了楼，把一木盆鱼端上来，放在你眼前头，问：'几吃你老？'一般都是三吃，即鱼头、鱼尾、中段做三样。讲究的还有四吃五吃六吃。那次我们要的是四吃，即把鱼中段留一半，熘鱼片，叫作'雪花鱼片'。问几吃，客人答时，说也行，不说，用手指一比画也行。我一竖四个手指头，伙计马上点头：'四吃你老！'随后伙计请你从盆里挑一条，我一指：'就这条吧。'伙计立刻捞上来，说：'烧崩了你老！''烧崩'吓你一跳。一想，是'稍崩'，就是等一会儿的意思。接着伙计把鱼一举，朝地上使劲儿一砸：'摔死你老！'再一猫腰抄起死鱼：'拿走你老！'下楼做去了。"

好吃是好吃，祖父却遵循"君子远庖厨"的古训，从不下厨。正如保姆的印象，他虽不会做菜，可特会说。几道他平素喜吃的家常菜，都是说给我祖母如何做，如熘黄菜、烩酸菠菜、山药蒸肉丸、炮羊肉、油淋鸡等，佐料、原料都极普通，可做出来的味儿极不普通，其中要诀多多，十分独到。

关于美食，祖父平时有许多议论，若从"理论性"的"内涵、外延和定义"来说，我大致归纳如下：其内涵为看家菜。有名的饭馆都有自己的看家菜，也即招牌菜，犹如说看家本事、保留节目、绝活儿。进饭铺要点它的看家菜；其外延则是要了解美食的历史文化。比如某地物产、饮食习俗、烹调沿革等。

说宫廷菜和民间菜不同，不能笼统。有的菜从宫里流入民间，也有的菜从民间流入宫里，这期间经过宫廷御厨和民间厨师的加工改造，既有渊源，又有不同。有些菜之成为名菜，不全是吃出来的，而是厨师说故事、讲烹饪给说讲出来的。美食不光是吃，和吃的环境要搭配，如字画的选择，厅堂的布置，窗帘椅垫的颜色，不然也吃不舒服。至于美食的定义，最简单：个人口味。但从文化上说，有高下之分。还有最关键的一句话：会吃的人，不一定要多花钱。

我家院子大，种了不少花草，这些花草也成为家庭烹饪的原料。记得那时东墙下有一架生长数十年、高与墙齐、枝繁叶茂的葡萄，架下有石桌和凉墩。北窗外种了一棵芭蕉，枝肥叶厚，黄绿相间。南窗前则有一架金银花，每至夏秋，香气袭人。葡萄架下种有两大缸荷花，荷花年年开放，荷叶大而肥硕，绿如绒毯。家人常去缸中采下荷叶做荷叶肉、荷叶粥，喝粥时，必要佐以天源酱菜园的酱菜。酱菜要买两种，一是酱疙瘩，一是酱缸咙。酱疙瘩取其脆，酱缸咙取其软，二物刚柔相济，喝粥最好。祖母常叫我去采摘金银花，做双花粥，掐芭蕉树的叶子，放在蒸锅里当屉布用。祖父则让我摘下葡萄泡酒，采下茉莉花泡茶。回想当年每逢春夏之傍晚，全家人于葡萄架下围桌而坐，喝几杯自酿的葡萄酒，吃两块荷叶肉，盛一碗荷叶粥，环顾四周，清荫覆地，蜂鸣蝶舞，荷花于夕照中显出略带慵懒的娇艳，晚风裹着茉莉的芬芳袭人面庞，可谓东风沉醉的晚上。又如黄昏细雨中，坐于北房廊下藤椅上，喝一些双花粥，饮两杯茉莉茶，望檐上双燕归来，听院中雨打芭蕉，嗅着昏暗中袅袅送来的带着雨水清凉气息的花香，顿觉暑热消退，透体生凉。

我的小学

北京第一实验小学是一所有百多年历史的名校。中华人民共和国成立前,它是北京师范大学附属小学,相传邓颖超年轻时还在这里做过短暂的小学教师。根据台湾作家林海音的小说改编而成的电影《城南旧事》里出现的小学,就是它。

这所小学坐落在北京宣武区和平门外南新华街上,由前院、中院、外院组成。在前院上课的是一、二年级学生。中院主要是学校办公所在和礼堂、食堂及自然教室等,也有一部分三年级学生。后院最大,四、五、六年级学生都集中于此。对学生们来说,中院比较"可怕",因为校长、教导主任和少先队总辅导员的办公室都设在那里,如果把你叫去多半没好事。当然,好学生是例外。我就曾被叫去一回。那时我上五年级，辅导员叫我到校长办公室去"走一回"。因不知何事，我做好了最坏的准备。可即便如此，站在校长面前，也是头晕眼花腿发软。校长告诉我们，叫我们来的目的是市里举办小学生作文大赛，学校推荐了我们几人去参赛。

说起这所学校为什么叫实验小学，我想大概不仅指教学，它确实还有个很独特的地方，即小学只学五年，毕业后可直升旁边的北京师范大学附属中学，简称"师大附中"，北京有名的"八大附中"之一。但这样的好事也有附带条件，即必须从一年级开始就学俄语，一直学到五年级，通过了才可以。但不是每个孩子都适合学外语，学到三年级期末，各班都"涌现"出一批学外语不成的学生，我也是其中之一。学校决定为这些学生单成立一个班，可以不学外语，但要上到六年级，并发了个通知，让拿回去征求家长意见。不过这并非强迫，因为学校在通知中又说，你的孩子虽然外语成绩在"劝退"之列，但家长和本人不想退，也可照常留在原班，只要将来考试通过就行。其实考试通过是句吓人的空话，根据后来的情况看，那些留下的没有一个考试没通过，而他们中不少人外语成绩比我还差。

且说我回家把通知给父母一看，父母还在犹豫，但是祖父坚决不让学了。他对我父母说："这孩子夜里做梦时还在

◆ *作者童年照，拍摄于20世纪50年代*

背俄语单词，我看他就是学不会，别让他费那个劲儿了。"（我幼时和爷爷奶奶住在一起。）这样我就进了那个新组建的班。由于六年级时只剩下这一个班，就叫"六年级一班"。而当初那些同班同学，五年级一毕业，都直升师大附中。结果在中学时代，尽管我们同岁，但他们成为六八届，我们成为六九届。其后果是，六八届基本留城工作，六九届整锅端去"上山下乡"，人的命运真是不可测。

这所小学由于历史悠久，师资强、设备好，因而也就"理所当然"地集中了许多高级干部和知识分子的孩子。不过现在回想起来，有一点给我印象深刻，那就是尽管班里一些同学的父母地位非常高，一提名字众所周知，但直到"文化大革命"前，也没人知道他们的父母是谁。他们自己不说，老师更不说，学习、生活上也没有任何照顾，大家一律按成绩排前后，按品行得老师"欢心"。直到"文化大革命"，高干子女起来充当"红卫兵"造反，要亮身份以验证"根正苗红"，同学间才知道谁谁谁的父母是谁，谁谁谁的父母又是谁。有时还会发出惊讶："原来他（她）老子是……呀！"

讲到这些同学，便不由想到那时高干们的一些情况。当时高干们的住处很讲究，班里凡是副部级以上的干部都住独立四合院，很大，一般都是一、二进的大院子，有的还有假山、游廊。而司局级的干部则是几家住一个或几个二、三进院落，或住较为宽敞的宿舍单元楼。级别较高住独立四合院的高干们家中一切设施及服务都由公家提供。我有一位关系较为亲密的同学，他父亲是个正部级干部，"文化大革命"中他跟我说："我们不怕抄家。家里那些桌椅板凳书柜书架，客厅里的沙发地毯，连那大鱼缸，全是公家的。就各人身上这几件衣服和这几块表是自己的。抄我们家，那叫公物还家。"确实，那时国家根据不同级别，为高干提供秘书、司机、保姆、炊事员、勤务员、警卫员等。但有一条也认真执行，即一旦高干去世，待遇全免，房子收回，家属住处重新安置，听说住单元楼较为普遍。所以那会儿高干子女们没有多少特殊化的感觉，只想在学习上出人头地。行文至此，忽然想起高干级别的区分。当时流传十三级以上干部为高级干部，是不是呢？应该是，我有个证据，当时我家里有一些作为内部阅读的《文史资料选编》，每一本上面都有图书馆工作人员用钢笔端端正正写着"限十三级干部和副教授以上阅读"。由此可知高干确以"十三级"为界，并可知当时的副教授也可折合成"高干"。这一点倒使我明白今日高校中教师的官本位其实由来已久。

那时高干子女们优越感并不突出的原因，除了上面说的居家条件只是"暂栖身"外，还有另一个原因，即工资的问题。干部们的工资与当时的教授和名人，比如各界民主人士相比，并不高。一位副部长的工资也不过二百多元，而论级别差不多已是八九级。班里不少同学家里都是多子女，有些高干的夫人因各种原因并不工作。家里有四五个孩子，老家又有爹娘兄弟姐妹要赡养接济，干部们手中并不宽裕，因而即便是高干，生活也相当节俭。记得有一次几个同学到我家来玩，一个同学撩起另一个同学的外裤，让大家看他里面的毛裤以取笑，那个同学生气了，两人扭打到一起。原来那条毛裤用了赤橙青绿黄蓝紫不下十种毛线拼织成的，而这位同学的父亲还是某大军区的一位副司令员。

◆ 作者与妹妹在北房客厅的沙发上合影

实验小学最引人注目的是现在被列为文物的"红楼"。这座红楼为全木质结构,估计也有近百年历史。我小学时代的五、六年级即在这座楼二层最东头那间度过。回顾以往,记得较清楚的要算当时国家经济困难,一次老师们号召我们买过时的旧年历,用背面作数学习题演算纸。还有一次是老师们向我们推销人造棉的衣服，我们又都回家力劝父母购买，支援国家建设。还响应号召，回家让父母在院里大种蓖麻，成熟了把籽取下来交到学校，转给国家。受"我在马路边捡到一分钱，把它交给警察叔叔手里边……"歌曲的影响，有一个时期我每天上学放学都睁大眼睛在路上寻找"钢锛儿"，功夫不负有心人，一天，还真让我捡到了，而且是"大锛儿"——五分。我一溜小跑进了椿树派出所，把它交给警察叔叔，可他并没夸我好少年，只是收下就完事儿，让我好失望。还记得冬天每逢星期六，母亲下班都会给我和妹妹带回一串糖葫芦，那在当时对于小孩子来说可是非常诱人的食品。所以每到星期六看见母亲进家门的身影，我就仿佛看到她皮包边上插着用点心纸包着的糖葫芦，因为她从没让我们失望过。可某年冬天，我破天荒第一次看见她没拿回糖葫芦，而是从皮包中取出一本书，上边有一幅图，是雷锋挎枪的形象，下面一行字：雷锋日记。翻开来，母亲还在扉页题了一行字："送给小昕，愿你长大成为雷锋叔叔那样的人。"我心里非常失望。对孩子来说，精神食粮总不如物质食粮。我很顺从地接过来，翻了翻，放一边儿了，印象中没有看完，好像也看不大懂。

应该说，那时的生活是丰富多彩的。除去各种队日活动，学校里还有许许多多课外兴趣小组，我报了两个，一个是射击小组，一个是气象小组。气象小组有个气象观测台，每天的气象观测，就由我们负责。大家轮流观测，并把自己的名字写在气象数据下面。有个同学叫蒋和平，另一个同学淘气，悄悄将他的名字擦去，写上"蒋介石"。蒋和平不知道，同学们从那儿一路过，一瞧，"气象观测员——蒋介石"，都哈哈大笑，结果是蒋和平和那同学狠打了一架。

我小学时担任过小队长，说起来也很有意思。小队长一正一副，各小队自己选举，然后上报老师。我所在的小队某天放学后开会选小队长，先选正的，大家选举了我，但有两三个人没举手。选副的时各抒己见，没统一。过几天再选副的，选出一人，正要上报老师，有人提出不同意见，说上次选我时不是全票，而这次选他是全票，所以应该他正我副。别的同学马上说他糊涂，上次是选正的，这次是选副的，根本不是一回事。不过那边也有几个人坚持从统计学的角度出发，大家吵了起来，越吵越凶，这边说那边糊涂，那边说这边偏袒，太阳马上要下山了，还在吵，于是我表态，他正我副，以此了结。不过有人把情况汇报给老师，加上那位同学是个闹将，什么事不管，所以老师不久就把他撤了，给我派了个副的。

其实当小队长很不容易，少先队的活动很少以中队、大队的形式展开，而以小队为主。比如过队日，就要费不少心思。

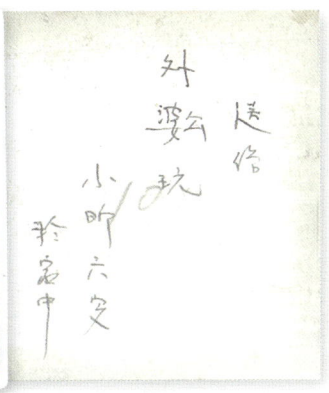

◆ 作者童年照，拍摄于20世纪50年代

因为老师要求要有意义，所以我就组织大家扫马路扫树叶，给警察叔叔送水，到烈属家里干活儿等。后来有人说，咱也不能总干这个，要玩儿。我们就去了北海。我提议爬山，爬了一会儿，有人说，没劲，咱们划船。我还真同意了。这时，队里有个大队长说，你可不能同意。他们那几个闹将在船上不老实怎么办？太危险。现在想，官大就是水平高。

有一年我们班三个小队轮流负责扫校门口的一条马路。一天，我带着小队从后院出来,还没到中院,就跑了三分之一。到了前院,又跑了三分之一。上了马路,就剩下三分之一,都是好学生。前院上课铃一响,好学生们也都拎着扫帚往回跑。可我看还剩一小块地没扫,于是过去扫了。回去听同学说,老师问我怎么没来上课,她们汇报后,老师很生气,把那些不扫地跑了的同学狠狠训了。后来老师私下对我说,做事认真是对的,不过有些事也不必太认真。但几十年我一直改不了,朋友们说,你最大的毛病就是太认真。

那时老师说什么我们信什么。记得上三年级,正赶上"三年经济困难时期"。我们中午在学校包伙,某天中饭吃的是芸豆粥,米饭不多,上面有不少芸豆和其他豆类。同学们你看我,我看你,谁也喝不下去。这时,老师开口了:"你们要知道,毛主席、周总理现在也和大家一块儿喝这粥。"就这一句话,大家把眼前的粥全喝下去了,毛主席、周总理对我们的感召力就是这么大。毛主席那"好好学习,天天向上"的八字题词仿佛是我们人生追求的唯一目标。

当然,也有很奇怪的事情。我从不吃青菜,到今天也是,可是却吃土豆,而且酷爱,这原因都是小学时的一次阶级教育带来的。那是四年级时,老师叫我念一个反映美国劳苦大众悲惨生活的故事,是说一家失业工人吃晚饭,爸爸去垃圾箱里捡回几个土豆，妈妈洗了做好。端上饭桌后，爸爸妈妈当然不吃，哥哥姐姐只把土豆皮吃了，然后说吃饱了。再小一点的两个孩子只少少吃了几口，只剩下最小的弟弟妹妹狼吞虎咽。当然，我明白这故事是提醒我们，在享受今天幸福生活的时候，不要忘记世上还有处于水深火热中的三分之二受苦人。可我就是忍不住想，土豆，怎么这么好吃啊！并由此吃上了土豆，直到今天。

那时的教育真是严厉。一次全校学生做操，正巧环卫工人来淘茅房。有个女同学只微微捂了下鼻子，校长看见了，登时勃然大怒，在操场上高声训话，足足二十多分钟。不过老师们组织活动时也会"借权行事"，因为学生们的家长多少有些地位，组织活动就方便。比如班里有一位女同学的父亲是某坦克兵学校校长，我们班的春游就决定去参观坦克兵学校。车怎么解决呢？老师让我们回家向父母求援。还真有些家长能调出客车来运载我们。不过值得说明的是，那时老师们借家长之力也是给同学们办事儿，从没有过借学生父母之势为自己谋利的。

小学时记忆最深的一件事大概要属"十一"到天安门前参加游行队伍。当时学校从高年级各班挑了一些中小队长参加，我也在其中。记得学校规定游行那天要穿白衬衫、蓝裤子，还得八九成新。衬衫要漂白，裤子要笔挺。我倒有件新白衬衫，可没裤子。母亲特意请假早下班，带我去王府井新中国妇女儿童商店买了条蓝条绒裤子。国庆日那天，我们少先队员的任务是每人手拿几个彩色气球，在最后的游行队伍通过广场后，听号令将手中气球一撒，朝前一跑，冲到金水桥前即可。那天我们站在天安门广场后半部，手里紧紧攥住几个五颜六色的气球，只听得前面由东向西穿过广场接受检阅的游行队伍不断发出阵阵口号和欢呼，可我们什么也看不见，急得有些不安分的同学直蹦高儿。终于，游行队伍全部通过广场，该我们放气球向前冲了。一声号令，大家一撒手，气球飞上天，我们欢呼着冲向金水桥。这是我第一次也是唯一一次看见毛主席，不过他刚好招完手一转身，被身边一个小个女子搀向城楼后边，只看见他一个背影，但也颇有幸福感。不幸福的是少先队员向前跑时推推搡搡，很多人的鞋被踩掉了，当时也没法儿捡。我也掉了只鞋，好在地上有不少被踩掉的鞋，随便捡了只，结果是一只布鞋，一只球鞋回的家。而且走了很长一段路才发现，原来两只鞋都是左脚的。

天安门广场是我们非常熟悉的地方，记忆最深的是每年清明节，学校都组织少先队员在人民英雄纪念碑前为烈士扫墓，进行革命教育。因此每到清明，我们总是服装齐整，以

◆ 作者全家于 20 世纪 50 年代末拍摄于中山公园

校旗和班旗为引导,浩浩荡荡地从学校出发,走到广场。在学校鼓乐队的鼓号齐鸣中,在纪念碑前献花、致哀、敬礼,然后高唱革命歌曲,有一首是:"在波浪滔滔的赣江旁,有方志敏同志战斗过的山岗。在白雪皑皑的森林里,有杨靖宇同志住过的茅草房。多少先烈,多少红色的战士……为了人民永远的幸福,他们的鲜血洒在革命道路上。"当时那种情形,确实激动人心,并使我很小就对庄严、肃穆、神圣及使命感有比较具体、深切的感受。

今天,当思潮回到过去,仍对那时有留恋的感觉。当时是用革命的理想主义和革命的浪漫主义来教育下一代，而理想和浪漫的结合，则是对英雄和英雄主义的崇拜。所以我觉得在那些年代流行的我国歌曲和苏联歌曲及书报杂志中，凝聚着一种巨大的精神力量，饱含爱国主义、理想主义，讴歌民族精神、祖国至上。成为英雄，创功立业，是所有少年的共同梦想。在这样的氛围里，世间一切美好事物无不高昂着英雄主义的主旋律。理想、爱情、友谊都是革命的产物，而革命的核心，则处处激荡着英雄主义的风雷。而英雄，则是一个最完美、最崇高的人格体现。

而英雄们的作为就是为祖国、为人民前赴后继，抛头颅洒热血，迎着疾风暴雨奋勇向前，就如当时那歌曲中所唱"像那大江的流水，一浪一浪向前进，像那高空的长风，一阵一阵吹不断。我们高举革命的火把，一代一代、一代一代向下传……"并在这前行的路上锤炼意志，培养毅力，坚定信念，以成就梦想。

如今，俱往矣，世上没有恒久不变的事物。但就我个人来说，恒久不变的还有一点，那就是小学时代铸就的精神追求，永在心间！

请扫描二维码，聆听本文背后的故事

考学前后

1975年初我结束知青生涯回到北京，家里人为此高兴了很长一段时间。同时，早先因各种情况先回到北京的知青和留城未下乡的朋友们也与我重新相聚。虽然当时的政治空气令人窒息，文化压迫毫无松动，但好像与我们干系不大。年轻人聚在一起，总会有各种各样的快乐。

不过现实的苦恼也接踵而至。首先就是找工作。当时有首顺口溜形象地描绘了我们这代人的遭遇："长身体时遇挨饿，正上学时闹'文革'，未成年时去下乡，快成家时找工作。"我们这些病退、困退青年的关系都放在街道办事处，由他们来安排。街道分给我的第一份工作是到位于大栅栏一带的韩家潭绣花厂当工人。我自忖手笨,没去。第二份工作是一家位于宣武门内的打字机厂。负责招工的人一见我戴眼镜,就皱着眉头说,我们这儿的视力个个都得2.0以上才行,把我挡驾了。第三份工作是西城半导体厂,当时算是最好的工作,整天坐在那儿摆弄半导体,活儿轻又干净还能学技术,因此有好几百知青争抢,我还没见着招工的人就被刷了。同时家里人也在积极想办法,通过熟人给我在北京图书馆谋了个空缺。就在全家皆大欢喜,我也准备上班的时候,帮忙的人十分丧气地来家里说,对不起,被人顶了。顶我的人来头大,他顶不住。还直说对不起老师,因他是我祖父的学生。不久,招工的人说可以去煤气站当搬运工。这一次我力争了,因为我想凭这份工作给家里挣个煤气罐儿。当时在北京,家里能用煤气做饭是一种奢侈,而煤气站职工可每人分得一个煤气罐儿,可惜没成。最后,派出所招人帮忙,表现好的可以转正当警察。我特别喜欢警察那身衣服,报名了,我妹妹也支持我。但家人觉得警察整天老忙于事务性的工作,又琐碎,没同意。

虽然没有工作,但人不能就这样闲着。祖父这时大多时间也在家里,他知道我喜欢文学,于是用家里的《文选》给我讲《七发》《典论·论文》《与吴质书》《前出师表》《后

1970年回京休探亲假时在北京东方红影楼拍摄的照片

出师表》《别赋》等。每次开讲前,祖父都是亲笔将原文抄录在稿纸上,并以略小的字在他认为重要的地方写下自己的心得体会,每次都是大大小小密密麻麻的工楷连写好几张纸,同时我再做笔记。讲了约有半年时间后,祖父又开讲《左传》。他最喜欢讲的是《郑伯克段于鄢》和春秋四大战。每次讲时他也是动笔抄录原文并标示重点,写出体会。过了一段时间,祖父又教我读其他一些古书，以诗词文赋类居多。出于自己的兴趣，我同时还在读《左传》和《资治通鉴》。

这样过了一年后，祖父应外边人的请求，在家里开讲《说文解字》。开始来学的大多是过去的老学生，不久便哪儿来的都有，有年轻的中学教师，有街道干部，有工人，有服务行业的人。每星期讲课的次数也由一次变为两次。祖父的心情这时变得非常好，有时身体不济也坚持上课，由此我就体会到，对知识分子来说，讲课撰文的快乐有时可以战胜身体的病痛。但好景不长，因为那个时代政治嗅觉无处不在，家里这些来来往往的人颇为惹人注意。恰巧又有祖父的一位老友因在家教授英语而被邻居举报，遭到派出所民警查询。因此，从祖父问学的人为了祖父的安全，建议将一周两次的课变为一周一次，并制定了一些防范措施。比如平时不能同一时间来，前后要相差半个小时，并具体规定了谁先谁后。走时更要注意，还有人专门在门口或胡同口"望风"。总之，切不可一哄而入或一哄而散，给祖父和我家招来麻烦。

即便如此，这样的教学和求学方式也为大家带来了很多快乐，得到知识不用说，而每次课毕后一小时甚至更多时间的闲聊更使人留恋。每逢这时，大家总是一边抽烟、喝茶，一边听祖父闲谈。祖父谈的内容可说是山南海北上天入地，从章太炎、黄季刚、刘师培以及他们那一辈人的逸闻轶事，一直聊到中华人民共和国成立后北大、北师大的教授和他们的学术成就、兴趣爱好，从烟、酒、茶聊到北京的二荤铺和小器作，以及京剧、昆曲，并时不时在其中联系讲解几个汉字，真正寓教于乐，因而每次大家都是很久不愿散去。当然，人，毕竟还是活在现实中。最后的闲谈，往往是一些坊间的小道消息，政治的阴晴风雨，总牵扯着大家的心。而大家为了宽慰祖父，也常挑一些听来的有利于知识分子的消息说。因此，这样的学习更像是同人聚会，充实亲切而且快乐。

除去读书，我生活中的另一部分内容是交友。我喜欢交友，不少中学同学、东北知青、胡同里的街坊朋友，以及他们的朋友和他们朋友的朋友，常到家里来。迫于那个时代和限于当时的条件，他们之中爱读书的人不多，不爱读书的人不少，却都能和我聊到一块儿，关键是一条，他们都尊重文化，看得起读书人。比如其中有位青年姓线，本来是作为工宣队被派到某著名大学领导监督"臭老九"，可他去了以后，反而向被他领导、在他面前唯唯诺诺的"臭知识分子"表示好感，公开表示要重用知识分子，重视文化。工宣队几次教育他都无功而返，最后将他开除出工宣队，发回原工厂，理由是"丧失阶级立场"。他也是我家常客，我的好友之一。我们这些

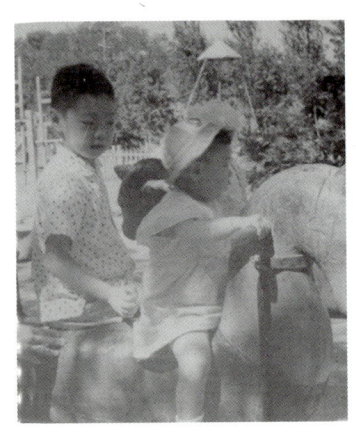

◆ 作者与妹妹在中山公园骑木马

人聚在一起，有时谈邻里琐事，市井流言；有时谈读书感想，社会新闻；有时聊饮食男女，衣着打扮；有时回忆过去，幻想未来；有时说宏伟理想，远大抱负；还有时也不知都在说什么，只是一边喝茶，一边抽烟，在吞云吐雾之间觉得自己迅速长大、成熟，成熟到了可以睥睨世人，一切不在话下的程度。

最令我难忘的是祖父也与我的这些朋友"打成一片"。如今，几十年过去

◆ 作者20世纪70年代初在颐和园
◆ 作者与妹妹在家中庭院

了,当年的朋友至今与我仍有来往的,有白手起家从不读书的实业家,有家底殷实热衷文化的大商人,有哈佛大学的终身教授,有激进的知识分子,更多的则是普普通通的工薪阶层。但只要我们今天聚到一起,他们总是三五句话后就会提到祖父,怀念祖父。为什么呢?因为当初他们来家里找我玩时,我基本都会将他们大概给祖父介绍一下,而祖父也总要拿出他的好烟请对方抽,同时还要对方品一品他的好茶。

只要没什么事，祖父就会坐下来，听我们聊，并常常加入我们的谈话。他讲怎么喝茶，怎么品茶的味道，评论烟的优劣、酒的好坏，以及聊喝酒的感受等。随后，祖父还会谈古论今，历史人物、英雄传奇、老北京的风俗人情，乃至于他过去看的"贾派林"（即卓别林）的电影都会纳入谈话范围。如果对方表示出对文化学术的兴趣，祖父还会挑几个有意思的汉字讲一讲。在这过程中，他会不断让对方抽烟喝茶。对方一说："爷爷的烟真好抽！""茶真香！"祖父马上显得非常高兴。

后来，国家有了起色。从家里来看，大人们的笑容多了一些，说话的口气也略显轻松。同时，政策上对民主人士、知名人士也有了优待，民主党派开始活动，尽管是受教育，但毕竟身份提高了一些，可以看些演出，到各处参观。祖父还应邀去外交人员服务局讲了三次古汉语，对方回馈的是冰球比赛票数张，那是我和祖父生平唯一一次看冰球。但好景不长，不久形势就急转直下，大人们的眉头重又紧皱，面色重又变得沉重。我印象十分清楚地记得，一日晚间，我和祖父正在客厅里轻声议论形势，一个与我交情特别好的知青拿着一张报纸冲进来，说："爷爷，不好啦！邓小平下台了！"我们接过报纸一看，大标题就是撤销邓小平党内外一切职务的公告。一时我们谁都没有说话，祖父的脸色十分沉重，屋里的空气仿佛都凝固了。这以后什么"白卷英雄""考教授""黄帅事件",层出不穷。多灾多难的中国究竟要向何处去?相信是当时每个人心中萦绕的问题。

1976年起,政治上的大事一件接一件。虽然道路还有些曲折,但毕竟形势一天好似一天,大人们似乎充满了希望和干事的欲望。我们也没闲着,除去在喜欢读书写作的朋友间通过借书、读书、评书相互联系,同时又挥洒自己不成熟的文字,以在同好中收获批评或赞赏并因此失意或得意外,也当仁不让地追赶着时尚。当时风靡京城的是弹吉他,我左邻右舍的一群朋友每人一把吉他,天天聚在一起又弹又唱。我父亲喜欢音乐,我也对吉他感兴趣,于是父亲托人从广东买了一把。在胡同里这些朋友们的调教下,我进步很快。不久,我们便走出家门,走上大街,最后走进公园。那种招摇过市以时尚先锋自许的得意,今天想起来也很有趣。弹的曲子记得有什么《苦咖啡》《多年以前》《划船曲》《哈尔滨之夏》等,同时还不断拜师学艺,名震一时的京城四大吉他手我好像见过其中三位。

这样的日子过了半年左右,决定无数青年人命运的大事发生了——国家决定恢复高考,以考分高低决定是否录取。这消息刚一传出,真如一声霹雳,震撼了无数人。我和妹妹当即抛下一切,全力备考。不过从备考到考试只有一个多月时间,要考政治、语文、数学、史地四门。而参考的阵容之浩荡和奇怪也是前所未有,恐怕将来也绝不会再有。浩荡是参与人数之众多,十多届学生同时考试。奇怪是参与之人文化的差异,最高文化是六六届高三学生,依次是六七届高二、六八届高一、六六届初三、六七届初二、六八届初一,再加上我们六九届初一,实则只念到小学六年级,还有当时在京郊插队的七〇、七一、七二届中学生以及当年的应届高中毕业生,大家同场博弈。高三的学生和小学生同场考试争胜负,不可不谓历史奇观。

我上小学时数学就不好,可谓一塌糊涂。为此"文化大革命"刚发动时,面临考中学要过数学关,我还挺高兴,因为一"停课"就不用考初中了。高考前,语文、政治一点儿没弄,史地弄了弄,全力以赴弄数学。但等数学卷子一发下来,心里最踏实,一道题看不懂,一点儿不会做,胡乱一写交了卷。分数下来一看,数学成绩,一分。其他三科平均八十四分。没问题,落榜。我有个好友,七一届的,好文字训诂,常来家从祖父学习。他在一所中学当数学老师,而他最不喜理科。他报一所名校的中文系,语文成绩不及格,数学九十八分,录取了。

1978年,我再接再厉,这一年有个好处,将史地划为历史、地理两科,共五科。这半年多时间里,语、政、史、地我几乎没怎么管,仍旧在数学上拼命,整日做题,每天"赛因""劳格"狂背。考数学那天,一看题,心里又很踏实,还是看不懂题,更不知如何做。好在发现一道题应该用"劳格"解,可我不知怎么解,就直接写上了公式。没想到,这次数学有了成就——七分。那年录取分数线是三百四十分,靠其他四科狂拉,再加上这七分,共三百四十二分,将我拽进了大学。

回忆当时的情景,留下三个较深的印象。

一是那时考生们无处求人辅导,也没人知道该怎么辅导。只是有些中学里的老师们自发地组织起来,征得校方的同意,在中学生们下课后给社会上的考生们辅导。每次去听讲都是人山人海,窗台上墙根下都挤满了人。对老师们的报答是震耳欲聋的掌声,留在考生们心中的是学习的兴奋和愉悦。还有些老师干脆在自己并不宽敞的家里"收徒授课"。记得有一对青年夫妇,都是中学的地理老师,在自己相对狭小的家里"开课收徒",买了小黑板,挂上大地图,夫妇俩轮流上阵,还不时地为学生端茶倒水。起初是五六个学生,后来"雪球"越滚越大,最多时连院子里都站了不少人,而他们丝毫没有嫌弃的意思,那种亲密融合的关系令人永远难忘。

二是高考那几日绝无现今家长送儿送女嘘寒问暖的情景。

我每天自己起床，到厨房自己热杯牛奶吃块面包，然后骑车到考试地点。家长只是头天晚上嘱咐两句，第二天就上自己的班。中午到家，祖父母已入睡，桌上有饭菜，自己热。晚上到家父母也不多问，非常平淡的日子。唯一可记得的是头天考试吃早饭时，母亲在我和妹妹的牛奶里各卧了一个鸡蛋。我开玩笑说："今天怎么有鸡蛋吃？"母亲瞪我一眼，说："要不是今天考试，你倒想有鸡蛋吃！"给我的感觉是，考试就是你自己的事，考好考坏也是你自己的事。

三是我落下了"高考后遗症"，也就是"数学恐惧症"。在上大学的几年间，我常常做梦梦到我在参加数学考试，并且有时梦中还很清醒，发出"我上的是中文系，怎么会考数学"的疑问，或者问自己"我已经上了大学怎么还考数学"，但最后总是梦见面对数学卷子一筹莫展。直到工作的头几年，有时还会"噩梦缠身"，后来才慢慢消失。可见人在清醒时虽然能抵抗压力，而宣泄压力却是在梦中。所以每次这样的噩梦醒来后我都非常高兴，因为我毕竟战胜了数学，闯过了这道关。

1978年，我迈进北京师范学院（今首都师范大学）的校门，又开始了一个梦想的起点。那年，我二十五岁。

我的大学

我上的大学是北京师范学院,后来改名为"首都师范大学",在七八级中文系二班,班上共有学生八十八人,中文系一班也有八十多名学生,可知学中文的人声势浩大。我们班最大者三十二岁,最小的十五岁(体育特长生)。所以,班里这些老大哥老大姐时常戏弄这些"弟弟妹妹",要他们称自己"叔叔阿姨"。可见"文化大革命"耽误了多少代人,形成多少道可笑的风景。

上什么课,怎么上课当时是一片迷茫。中国那时处于改革开放的前夜,整体形势是似改而未改,似放又未放。而被整怕了的教育界和知识分子,并不知如何教书。用"文化大革命"时的教材肯定不行,用"文化大革命"前的又不敢，只好自编。自编只是每次上课前发几张油印篇子，里面的遣词造句明显可以看出"战战兢兢""小心翼翼"，生怕雷池没越好，被人抓住打棍子、扣帽子。比如讲《现代汉语》，需要的例句就从八个样板戏里找，一时间，现代汉语课上，"小常宝、李勇奇、李玉和、杨子荣、座山雕、胡传魁、刁德一"满天飞，语法没学会多少，戏词倒温了不少遍。不过就这样，还招来上届，即七七级同学们的羡慕，他们说："例句虽然可笑，可你们也算学了语法。我们说是比你们早进校半年，可这半年就学了一本毛主席诗词！"

不过同学们的状况和战战兢兢的老师们截然不同，尽管学生们对中文的未来也和老师们一样迷茫，或许由于这头两届学生大多饱经沧桑，有过艰难困苦的磨炼和坎坷蹉跎的岁月，所以斗志比较旺盛，有自己独立的思考和选择。比如有件事就给我印象颇深。

那是1978年我通过高考分数线选择学校后，某天街道又来通知，还有几所学校刚刚通过招生批准，可以补报。这几所学校是北京经济学院、北京政法学院和青年政治学院。结果我们那一批通过街道报名考上大学的青年们议论了一下，都没有补报。原因是——政法，无产阶级专政的铁拳头；经济——统购统销，布票、粮票；政治——打棍子、扣帽子，避之唯恐不远，躲之唯恐不及，还要学！这是由于"文化大革命"的破坏，政治、法律、经济的学术内涵被彻底扭曲，成了歪理邪说的附庸，人们见而生厌。而热门的则是传统学科，如理科的数、理、化，文科的中文、历史，乃至考古。这里除去当时青年们普遍怀有想踏踏实实学习一点知识外，还有更远大的抱负。比如学历史，很多同学想从历史上找一找我们民族为什么这么多灾多难的原因；学中文，则是想以诗歌、小说作武器，歌颂光明，追求真理。

还记得"文化大革命"末期我去动物园玩，在某一亭子里休息时，见到刻在木栏上的各种各样"到此一游"的纪念，但有一句很别致且令我难忘，这句是"为祖国多思考些问题"。这句话也许可以在某种程度上代表那些年大多数大学生的追求。这头两届大学生，也曾被学校领导视为"不好管、不服管、管不动、管不听"的学生。这里有个主要原因，就是其中绝大部分学生年龄偏大，都具有十年或十年以上的社会阅历，且这些阅历包含了北到东北，南到云南，西至内蒙古乃至陕北、山西的广大地域。丰富的人生阅历和深刻的社会实践，加之在大学中学到的文化和知识，他们中确有不少人才。

由此，思想文化启蒙就成了学校里的一道重要风景。以"潘晓"为发轫的"人生的路为什么越走越窄"的人生观大讨论和以十三个高校中文系联合创办的《这一代》杂志为源头的大鸣放，轰轰烈烈地开展起来。这种情形令许多老师为之回避、躲闪乃至咋舌，认为我们的胆子太大了。老师们的心理是矛盾的，他们一方面为我们担心，一方面又因看到希望而欣喜，而我们则浑然不觉。我们认为中国已出现了一个美好未来的初萌，为了推动这一未来尽快成为现实，最好最急迫的便是和过去的谬误清算、决裂。

如果把那时的学生思潮分成几个阶段，头一个自然是《中国青年》杂志上刊登的潘晓的文章《人生的路呵，为什么越走越窄》。这篇文章里还提出一个当时较为著名的观点，即对雷锋精神的逆向思考，认为雷锋做好事是"主观为自己，客观为别人"，只是许多种价值观中的一种而已。共青团市委以此为契机掀起一场声势颇为浩大的教育运动，使大学生们的思索更加深入，更富于思辨精神。

第二个冲击波来自海外，这就是荒谬派作品登陆中国。《等待戈多》讲人生就是一种永无结果的从生到死的等待；《秃头歌女》讲夫妻数十年貌合神离竟成互不相识的陌路人；《变形记》讲人变成虫后，以"虫"的角度观察家庭和社会。还有《鼠疫》《城堡》《百年孤独》等，一浪接一浪，令人目不暇接。

第二波尚未过去，第三波接踵而至，这回是萨特的存在主义。萨特的书一时卖得洛阳纸贵。"他人是地狱,存在即虚无"这句经典名言,不管说的人懂与不懂,大家都煞有介事地挂在嘴边,成为时尚的标志和沙龙的主题,甚至用在情书中打动那些文化品位高的女孩子的芳心。

思想文化的步步深入必然引起物质的连锁效应,这主要体现在女同学身上,披肩发在头顶,高跟鞋在脚下,化妆品在脸上,有些家里有海外关系的女生穿"奇装异服",香港杂志也在班级中被当作神秘而新鲜的东西流传。"食、色,性也。"这句圣人之言仿佛出口转内销般地使国人明白生活中极其简单的道理。由此,人们对代表现代化生活方式的文明开始了热烈的追求,录音机、录像机、冰箱、电视、钢琴等逐渐涌进生活,而在大学生中,就是交际舞的兴起。

第一次见识跳舞,我们误以为是"摔跤"。那是一次课后,班里两位担任文体委员的三十多岁的老大哥叫大家别走,让看他们。只见他二人在讲台前手搂着对方的背,脚底下拌蒜般移动。大家以为他们是在表演摔跤,他们说这是示范跳舞,以身做表率,开创班里的跳舞之风。

其实班里有几位女同学家里是文艺界的,她们早就会跳,这时自告奋勇出来教大家,于是三步、四步乃至探戈、摇摆泛滥一时。那时,各校还兴比舞,班里这几个女生人漂

20世纪70年代初,作者全家在北海公园合影

亮,善化妆,舞跳得好,于是被校学生会请去"打擂台",听说打遍各校无敌手,回来还设了庆功宴。不过也有跳不好的,比如我,有次我和班里一女生跳舞,我总感觉我们的步子没走到点儿上,问她,她不以为意地说:"我根本就没听那个节奏!瞎走呗!"班里的党支部书记是个老大姐,她有些看不惯。不久,对越自卫反击战打响,她说话了:"大家要收心,别老玩了!前方打仗,后方跳舞,不像样儿!"我觉得这有点儿倒退,不

过老大姐只是说说而已,也没什么人听她的。

那时市共青团和校学生会经常组织各种文艺活动,发各式各样的票,极大地拓宽了学生们的视野。

有一次同学给了我几张票,校团委发的,中山公园某小礼堂内的音乐会。我去了一看,礼堂很小,还没有今天一个阶梯教室大,内容讲欧洲古典音乐。形式是先由主持人简略讲一下某作曲家的生平和艺术特点,然后放一段这位作曲家的音乐,再讲解刚才这段音乐中的意境,比如音乐中有穿林而过的风声,这风声可以听出来是春风,或秋风,或风中夹雨的声响,有树叶本身的震颤声和被人轻踩的声音。而人,虽然没有发出声音,但根据这四下里声音的渲染,就可以感到他是抑郁的或是欢乐的。大自然中泥土的芬芳,花朵的摇曳,细碎的虫鸣,辽阔的大地,遥远的天空,缭乱的星光,都能在音乐中充分表达。这位主持人不过五十来岁,他表情沉静,语调平和,举止从容,极为儒雅。幸亏有他一番出神入化的讲解,否则让我听去就是一堆乱七八糟的噪声。一问旁人此人是谁,原来他就是当时极负盛名的音乐家李德伦。这次音乐会还给我留下的较深印像是,李德伦转述了西方某音乐家的两段话,一段是"音乐应该从朦朦胧胧中来,又回到朦朦胧胧中去",另一段是"音乐应该表达介于人类理智与感情之间的东西"。

也是在中山公园,学生会还组织过看电影,有什么票发什么票,古今中外,有配音、没配音,有字幕、没字幕,逮住什么发什么。有一次发的是法国先锋派拍的电影,两部连演,一部叫《半个橘子》,另一部叫《莉莉爱我》,看了三个多小时,一点儿没看懂。散场后,我走在公园,四下里亭台朦胧,树影婆娑,月明风清,清爽怡人,心想刚才还不如在公园里散步有情趣。

说到看电影,有些事绝对不可不记。当时刚刚粉碎"四人帮",由于多年的倒行逆施,人们对他们愤恨已极。一旦垮了台,大家纷纷拿起笔做刀枪,写小说、诗歌、戏剧揭批他们的罪行,于是文化部接到全国各地无数作品。这些作品成千上万,根本没法处理,但又不能不看。文化部也会动脑子,将这些作品下发到各文化单位帮着看,包括各高校中文系,每人分几部,看完后签署意见。看又不能白看,文化部这时进口了不少外国电影,称资料片,不能公开放,可以内部演,称观摩。为调动大家的积极性,有关部门规定看完一部作品可换若干张电影票。我父亲那时正在大学中文系教书,酷爱外国电影,领了不少作品,让我和他一起审。"就为多弄几张电影票",他说。每次开演之前,父亲还总不忘嘱咐我:"把眼镜拿下来擦干净点!"仿佛在看上帝。记得我们看的这些电影全是美国早期名片，如《出水芙蓉》《魂断蓝桥》《鸳梦重温》《春闺泪痕》《北非谍影》《哈姆雷特》，以及卓别林的一些默片，这些电影比起之前只能看到的朝鲜电影《摘苹果的时候》《卖花姑娘》，好上不止百倍。我也从这时起才知道好莱坞绝不是海淫海盗的大本营。

另外可说的是，当时进口的观摩片数量不少，不仅文化部在引进，各部委及有办法的各单位都在引进。可大多数电影既无翻译，又无配音，怎么办？于是就出现了这样的奇景，黑黝黝的电影院里，有人用衣服挡着光，拿个手电筒照着脚本现场翻译，但每部电影人物众多，角色切换极快，根本赶不上趟儿。比如，有个毒贩子在绑架人质，被警察赶到后一枪击毙，然后几个警察将他扔上警车。可这位翻译还在结结巴巴地说："毒贩子正在大声咒骂……"引得全场嘘声四起，他一生气，不再做这公益事了，人们又开始劝他。还有一回是一个女子给一个男子打着手电，男子主翻。女子也懂外语，时不时纠正男子的译文。纠正多了，男子急了，斥责女子，女子不服气，反过来斥责男子，场内顿时一片大乱，人们有劝的，有埋怨的，有喊"继续"的，有喊"安静"的，可就在这乱纷纷一团中，电影照演，人们照看，兴趣一点儿不减，可见闭关锁国多年的中国对外部世界的了解是多么急切。

我感觉那时人们对电影、电视、音乐、美术和书刊等的追求和兴趣,其实质是对文明和文化的向往,是对"文化大革命"的拨乱反正。这时候出现一点儿不文明之事,大家就会非常敏感。恰在这时,出现了"天鹅事件"。

所谓"天鹅事件",是在离我们学校不远的"八一湖"(今玉渊潭公园)湖面上某年飞来四只野天鹅,它们在湖面上栖息小住,引来不少人观赏。忽然一天黄昏,一声枪响,一只天鹅魂断水面。一查,是两个年轻人干的。一问,说没吃过天鹅肉,想尝尝。

此事顿时惊扰了广大市民,人们纷纷要求惩办肇事者。公安部门不知用什么名义将肇事者行政拘留十五天,以平民愤。各大学学生纷纷来到湖边安营扎寨,带着各种食物抚慰剩余的三只天鹅。又听说天鹅夫妻非常恩爱,一只死后,另一只极可能自杀,于是又有很多人担心失夫或丧妻的那只天鹅的命运。动物学家们也纷纷撰文,或讲述天鹅习性或指导大家如何照顾天鹅。不过最终那三只天鹅还是飞走了。为了平息人们的失望、惆怅甚至愤怒,北京动物园在这湖里放了四只天鹅,我还去喂过它们。那是在一个漆黑的夜晚,借着湖畔微弱的灯影,我一边喂它们老玉米粒,一边看它们优雅的身影在水中转来转去。

不就是一只野天鹅吗？人们为什么会如此？社会为什么会如此？今天的人们也许难以理解，但是看看当时贴在公园门口的那些大大小小的大字报就知道了，那些带着时代痕迹的留言真是令人难忘。"天鹅是什么？是美丽纯洁的像征。我们已经多少年没有美丽，不知道什么叫纯洁！""打死的不是天鹅，是我们心中的美和善！杀死天鹅的不是猎枪，是我们大脑中的愚昧！""过去，我们不懂什么叫爱，那是'文革'的罪恶。今天的行为，说明我们中的一些人还是不懂、不知、不配！无爱的民族没有希望！一个民族，只有用爱来拯救！""扫除愚昧，任重道远！"记得我那时每天去看去抄，心里时常感到十分温暖，像有团火在燃烧，觉得国家和民族就像浴火重生的凤凰，充满希望。

那时人们的单纯，也体现在婚姻观上。班里的许多同学，年岁都已在谈婚论嫁的范围，男欢女爱自然是题中之义。不过前些年我偶然看到一部名为《桃李》的小说，真把我"震"住了。从开篇头一页到末一页，几乎无页不性。里面的人物，从教授到研究生再到本科生，几乎无人不性，无时不性，无事不性，让人越看越没了"性"趣。据说对照今天，还很真实。果真如此吗？我不知道。我只能说说我那时的情形。

说起我们的婚姻观，有一个当时极其流行而现在似乎已

◆ 作者一家,拍摄于"文化大革命"中期

经消亡了的词语——"共同语言"。这是青年男女在交往过程中牵手或分手的主要理由。成也由它,败也由它,心往一处想,话往一处说,劲往一处使,共同语言决定着男女二人的现在和未来。

所以,那时除非双方家庭极悬殊,一般不大考虑对方的家庭条件、经济基础,长相、身高当然要考虑,也不绝对。而作为具有共同语言的爱情标准则是,对方要有文化、有理想、爱读书、重感情,不流俗。最不能容忍的是,不上进、不

◆ 作者一家，拍摄于"文化大革命"末期

念书、没正经、小算计、市侩气。至于性，似比较远，而情则相对重。苏小明唱的那首《林中的小路》的境界似乎就是爱的化境。林中的小路，月下牵手，走下去，走一生，静静地，慢慢地。平凡、充实、纯洁、美好，这就是爱情。

那时的择偶标准，在共同语言的前提下，也仍然是传统的郎才女貌。所谓"才"，是指当时最为女生看重的男生，必须具有创造才能。拿中文来说，是会写诗歌、小说、散文的人，或是公认有思想深度思辨能力强擅长高谈阔论的讲演家。若喜欢专门学术或讷于言不善表达者,易被女生冷落。所谓"貌",倒不全指美貌,而指气质,大约有三个标准较为流行,一个是"典雅",一个是"清纯",一个是"娴静"。但实际上没有几个女生能够名副其实地占有其中任何一种气质,纯属男生们的白日梦。至于"性",有过一阵来得突然去得迅疾的"性解放"大讨论。开始时,班里不论男女,差不多人人参与,不久后纷纷退出,成鸟兽散。回头来看,这场讨论从始至终,大家是以不清楚进场,不明白退出。到头来,什么叫"性解放",没人说得清。与今天的"性开放"不可同日而语。

我们这代大学生,我个人觉得,优缺点都是一个,即激进、冲动、敢作敢为,做事欠考虑、欠周密,勇于负责却又自以为是,很难接受教训。细想,这些优缺点的形成和那时人民对大学生的宽容和厚爱有关。70年代末,经过个人努力考上大学的青年,被人们称为"天之骄子"。我还清楚地记得,学校发的白底红字的校徽就是"天之骄子"的标志,别在胸前,无论在哪儿,都会招来别人的注目和羡慕。物极必反,由于"文化大革命"对文化的践踏,现在人们翻过来,迫切希望得到文化,拥有文化,大学生就成了"文化"的象征。从某种角度上说,大学生也没有辜负人们的期望,思想解放洪流中的各种思潮,各种艺术表现形式禁区的冲破,走出国门走向世界,将欧风美雨再一次引入国内,大学生们功不可没。然而这一切,如果没有那时人们对大学生们几乎无条件的尊重、对大学生"代表文化"这一意识的坚定维护,大学生们也会无所作为。

即便当时大学生们已经显露的一些缺点,也被人们宽厚地包容了。那时的大学生的确是"天之骄子",也就有了一些骄子的习气和毛病。这些,我们过去并未意识到,高高在上的感觉蒙蔽了一切。时光流逝,今天回头重新审视,才慢慢有些觉悟。

总体来说,那时的学生比较善良单纯。我还记得毕业不久后发生的两件事。一件事是有位非常老实的同学有天在郊区路上被一个流氓暴打,被打得晕头转向无路可逃的他,不知怎么掏出水果刀把那流氓扎死了。消息传来,不少同学主动为他奔走活动,并为他联系班里其他同学。让我感动的是,我们班很大,不少同学平常只是见面点头,并无深交,此时听到这事,却个个着急,把这当成自己的事来办。到家里探望他的父母,到监狱里探视他,找律师咨询,找自己在公检法的亲戚朋友询问有关法律问题,有钱出钱,有力出力,没听说有谁推托。另一件事是班里有位老大姐,上学时年已三十,并有两个孩子。在她上学的这四年间,她那位当工人的丈夫

20世纪70年代,作者全家在颐和园合影

省吃俭用全力支持,全心全意抚养孩子,让她没有一点后顾之忧。可她毕业后,觉得和丈夫实在没有共同语言,无法沟通,要离婚,但又没法说出口。最终,她跳楼自杀,以求解脱。闲暇无事,往事来袭,有时我想,在今天这个讲求"钱"途"性"福、个人至上的环境里,这样的事也许再不会发生了。

四年很快过去,从桃李芬芳弦歌一堂,到曲终人散天各一方,似乎只是白驹过隙。临别的情景十分感人,但千里搭长棚,没有不散的宴席。"宴席"散后,我来到北京一家政府部门,开始了又一种人生。

前些年，路过被拆得乱七八糟的老屋，正怀旧，忽然有人招呼我。回头一看，老街坊。那老北京人特有的招呼方式，让我心头一热。这些只有那个环境、那个岁月里才有的，今后也将随着那个环境、那个岁月去了。

市井生活

听说,很多外地朋友都喜欢看有关老北京的影视剧,如《情满四合院》和《生逢灿烂的日子》,这也让我想起了自己过去的市井日子。

老北京人,过去都住院子。这院子,形式上甭管是四合、三合,或者只有一正两厢,甭管是一进、两进、三进,也甭管是下洼地还是高台阶,从居住条件上说,就分两种,独院和杂院。现在一说自己住机关或部队大院,特神气,其实是误导。住大院,从底层勤杂人员到中上级干部,什么人都有。副部以上的领导不住大院,他们都分配了很大很好的独院。但是领导去世后,国家要收回,家属另行分配住房。

杂院一般由房管所分派,或由房东出租。中华人民共和国成立后,很少有人去买房出租,因为那样就靠拢了剥削阶级,所以出租的私房,一般都是房东以前购买的或继承下来的,以此为生的称"吃瓦片儿"。我家本来前后两个院,前院房子多,后院院子大。儿女长大后,祖父处理掉前院,住到后院。当时有人劝祖父出租,祖父知道社会主义的纲领和实践,拒绝了。从后来几十年的发展看,非常正确。

独院、杂院和纵横其间的胡同小巷把北京的百姓串联在一起。曾有个那时就住部委宿舍楼,家有暖气和大玻璃窗的朋友到我家后,谈感想说,独院静,杂院乱,胡同闹。那时普通居民很向往住楼房(简易楼除外)。因为住楼房,一是有暖气,不用炉子,省得撤炉灰、倒炉灰。二是家里就有水龙头,不会全院十几家共用一个水龙头。三是家里有厕所,不用去外边蹲坑。四是住得高,望得远,视野开阔,不像住平房只能坐井观天。(我有时突发奇想,觉得住平房的百姓视野受局限,只能仰望,所以帝制君临天下也是理之必然。)日出而作,日入而息,老百姓们盼着过这样的日子。小时的我,也常溜到外院大门口,前院的孩子和附近的男女孩子,有的站门口儿,有的靠墙根儿,有的蹲门槛儿,有的坐电线杆儿的电缆,闲聊的除了新鲜事儿,就是东家二丫头不听使唤被她妈追着满院子打,西家三小子不学好被他爸抡着皮带一通

暮色中的西四三条（陆昕摄）

抽。要不就是谁家和谁家干起来了，擀面棍儿都上了，就差菜刀。有那会说的，添油加醋一形容，大家听得津津有味。后来"文化大革命"，大人们通通去造反，孩子们也反了天，不许上学，不许读书，成天背语录，背出了逆反心理。有那淘气的孩子变着法儿地恶作剧，弄了些麻雷子二踢脚，准备吓人玩儿。我家东边一个院儿里有个三十多岁的女人，穿衣讲究，有些扎眼，人称"假华侨"，几个孩子准备崩她。于是有人踩点儿，有人埋伏。后来听说成功了，"假华侨"刚一出家门，炮就响了，吓得她蹦起来一尺多高。后来又听说还崩过一老头儿,老头儿一哆嗦把拐棍儿都扔了。他们躲在木头堆后头,听老头儿破口大骂,骂得特花哨,心里这通儿乐。

我家前院住着一个六口之家,一对父母带四个孩子。"文化大革命"起始,虽是工人,因为派性,父母都进去了。四个孩子没人管,最大的女孩儿(人唤"大丫头",当时十二三岁),一手拉着一个十岁左右的弟妹,闯进市政府上访接待室,说,我们爹妈被关,没地儿去。你们要不放他们,我们就这儿睡。政府还真通知下边儿把她母亲放回了家。她母亲出来后,逢人就说她这闺女好,本事大。

自己那时也帮家里做一些有风险的事儿。比如去看望祖父的朋友,记得有次行前祖父还嘱咐,要是碰上红卫兵抄家就赶紧回来。再比如和朋友弄一平板车封、资的禁书给祖父的老友送去。印象最深的是夹着一套贝多芬的《第九交响曲》随父亲偷偷去他同事家交换唱片。

父亲喜欢外国古典音乐,家里有一些古香古色的外国唱片。"文化大革命"中,他还对我和妹妹说,他是一点儿财产没有,去世后就把这些唱片传给我们。但他认为,这是最珍贵的。同时还说,北京不会有几个人有,有,也不会有这么多。

一天,他回来说,通过聊天,有个同事与他有同好。两人建立信任后，决定互通有无，用家里这套贝多芬《第九交响曲》换对方的一套外国古典民歌。为什么换，父亲也解释了，他说，贝多芬《第九交响曲》（《欢乐颂》）是有名，但咱们欣赏不了，那得有很高音乐欣赏水平的人才行。对方在欧洲留学多年，音乐素养高。他有一套古典民歌，全是名曲，很通俗，咱们能欣赏，所以要换。

记得去时，挑了个晚上，街上人很多。好像大家那时都不睡觉，刷糨糊的、贴大字报的、看大字报的、讲演的、游行的、辩论的、打架的、喊口号的、发传单的、抢传单的、押着黑帮招摇过市的、看热闹的，想多热闹有多热闹。我们尽量贴着墙根，在树下光线暗的地方走。原装的唱片沉极了，好几次我都想把它扔了。终于进了一个大院（北京政法学院，今中国政法大学）的宿舍，里边又院套院，曲里拐弯走了半天，才到。

屋子不大，有位看上去比我父亲大不少的老先生正等我们。聊了几句，他就搬出了电唱机准备"验货"。当我们把漆皮雕花封面的唱片一拿出来，老先生的眼睛一下就亮了，迫不及待地放上听起来，还闭眼，摇头，微笑。

听了一会儿，老先生又让我们验他的货。刚听上，忽然门"呼"地被拉开了，一个年轻人站在门口，没进来，却回身向外喊道:"想听你们就进来!"就听外边一阵笑声和"咚咚咚"的脚步声。这年轻人原来是老先生的儿子,刚从外边回来,就见一群小孩子或挤在他家门口,或扒在他家窗口,争听"黄色音乐"。他干脆"开门揖盗",赶跑了这群小孩子。

父亲和他打了个招呼,他是四中的高中生。当时社会上正好有个新闻,说伟大领袖号召大家下乡,四中有个学生反对,理由是农民没文化,没必要下乡。一时口诛笔伐铺天盖地,那学生也不惧,上阵迎敌,车轮大战。我挺感兴趣,就问了问。他见我是个小学生,随口对付了我几句,我们也赶紧告辞了。他很不高兴,我们走到院子中间,还听到他在屋里高声训他父亲。

回到家,开始听这些唱片,果然,都是名曲。如《桑塔露琪亚》《我的太阳》《夏日泛舟海上》《鸽子》《云雀》《骊歌》《悲歌》《祝酒歌》以及托赛利、古诺等人的《小夜曲》。美国哥伦比亚唱片公司20世纪出版,音质很好,老先生在扉页上用非常漂亮的英文写着曲子的名称。不过唱片夹十分简陋,不像我家里那些,或是漆布面,或是绸缎面,或凹或凸,或雕着花卉,或刻着头像,或印着女神,颜色虽各有不同,却一律深沉黯淡,特有沧桑感。

从前,我就招朋唤友地来家里听唱片,有了这些,如虎添翼。

家里是独院，比较安全。于是，街坊的街坊的街坊，朋友的朋友的朋友，哥们儿的哥们儿的哥们儿，三五成群地往我家来。他们中有些人还带来几张唱片，有的听完就随手送了我。其中有两张印像较深。一张名叫《洋人大笑》，里面全是外国人的各种笑声，放了一听，大家先是惊奇，再是茫然，最后也一通大笑。还有一张上来有个年轻女子说，先生，你好！然后是"嘣嘣嘣"的跳舞声。过一会儿，女子说：先生，再见！正琢磨怎么这么快就再见了，就听那女子又说：先生，你好！又是跳舞声。循环往复，直到曲终人散。后来听说《洋人大笑》是中国第一代唱片（也有人说是中国第一张唱片），非常罕见。

回想少年时在那特殊时代真为家里做了不少事。家长们大概认为孩子不惹眼，或者出事好推脱，红卫兵也不至于打孩子。不过孩子也有性格，也会较真。有回我抱着被子去北师大（祖父那时进了"牛棚"），交给看守的红卫兵。那红卫兵看我小（十二三岁），和我说起话来，要我"和你爷爷划清界限，改造思想"。我不爱听，反驳说："我们都要改造思想。"然后想，他可能会打我。没想到他看着我笑起来，说："我们改造思想和他们不一样。"回家大人们问了情况后，再也不让我送东西了。

前些年，路过被拆得乱七八糟的老屋，正怀旧，忽然有人招呼我。回头一看，老街坊。那老北京人特有的招呼方式，让我心头一热。这些只有那个环境、那个岁月里才有的，今后也将随着那个环境、那个岁月去了。

◆ 春树上的鸽子(陆昕摄)

公交往事

想起我十三四岁时挤公交,那份儿挤比现在不差,有时还要体验"烽火戏诸侯"。那是有一阵子,我老要到某路始发站上车。去多了,发现司机停车并不在站牌子处,有时差点儿,有时过点儿。而且车没来时,大家好像还规规矩矩地排成一溜儿,车远远一来,大家立即冲锋,犹如难民抢火车,由此知道了"老实人吃亏"(今天转化为"有便宜不占王八蛋")。还发现几个司机巨坏,远远开过来,渐渐近了,大家于是跑起来。然后他越来越慢,似乎要停了,大家正准备立定,他又一脚油门,开走了。大家又跟着往前跑。他又似停不停,不停似停,大家只好跟着又跑又走又骂。更损的是,车明明停下了,大家也已经立定好,他忽然又踩了脚油门。

不过我被"周幽王"戏了几次后,便不再上当,因为我记住了那几个孙子王八蛋(借自电视剧《情满四合院》中的语言)的车牌号,他们的车一来,我就冷眼旁观,不让他们耍。

而且,那时的我,练就了一手绝技,能准确预测车门停靠的位置。那时不像现在有进站位置,地上立块牌子,就停车。车一来,我大致一看那架势,十拿九准。百分之五十车门一开,头一两个;百分之三十,前四个之中;百分之二十,在后头伸着脖子往前挤了。可惜,这手在"文化大革命"中练就的绝技和倒背如流的语录诗词,高考时一点儿没用上,倒背了半年多在那"知识越多越反动"的年月里成了倒霉蛋的数学公式。

回想那时挤车,不光自己挤,还有人帮着推。比如,车门踏板上站了几个人,靠自己的力量上不去,下面的人就会主动上前推他们,推背推腰推屁股,那时也没什么"咸猪手",大家没顾忌,售票员还在旁边鼓励。大家使出洪荒之力,被推的也都是盈缩之身,甭管你多么块大膘肥,眼看一寸一寸就塞进去了,真是奇观。有时被推的人还回头鼓励大家:"再使把力!再使把力我就上去了!"我推过别人,别人也推过我。今天的年轻人比我们那时强多了,有公交、地铁、出租、黑车、"摩的"、自行车,小黄、绿、紫、红、蓝,当年老爹老妈们可真不容易。

乘车,除了司机、乘客这道风景,另一道风景就是售票员。记得六七十年代,售票员几乎都是女的,年轻的,一水儿北京大姐,特点是说话干巴利落脆,腔调又高又急,手底下倍儿麻利,特能抓挠。人再多,票也卖得倍儿快,还不出错儿。责任心又特强,还练就火眼金睛,时常下车追使假月票和逃票的,有时会弄得车上的人们"怨声载道"。

使假月票和逃票都有讲究,比如兄弟姐妹互用月票;拿长相差不多的别人的月票;把废月票拿来,撕去别人的相片,用红圆珠笔把没章的地方描出来;有高手干脆自己做一张月票;也有成人还在用学生月票。逃票有各种办法,下车时躲在别人侧面;假装掏票没掏出来,被后边的人挤下了车;先不下,等车要关时使劲儿挤下来;要不上车就跟售票员没话找话,混一脸儿熟。反正花样百出,各村都有高招。因为一张学生月票两块,成人市内月票三块五。而那时,一个人一月挣二三十块,养活一家子五六口甚至七八口的比比皆是,所以每月一张月票并不是小开支,有月票的孩子是阔气的象征,大家很羡慕他们。不过售票员也不是吃素的,她们总结,基本上逃票的人因为心里有鬼,所以面相、行动都不大自然。大致一看,一抓一个准儿。

我对冬天这些女孩子们的印象较深。都是扎马尾，大围脖，棉袄棉裤圆圆的，挎着票夹，戴着无指手套，都有一个天不怕地不怕的性格。也是，天天在什么人都有什么事都发生的公交上摸爬滚打，摔出了一身"脾气"。不过她们是负责任的，也是认真的。那时乘客们常在车门踏板处挤成一串糖葫芦，她们会从另一车门下车，来到车门处吆喝，边推边喊："侧身！侧身！"女孩子毕竟劲儿小，车下的男人们便会过来助力。等这一串儿都上去了，她有时不回原来那个门，有个缝儿插上脚，车下的人再来推她。有时她只上了半个身子，车就开了，她就这么挂在车外开一段路。这时车上的人大喊："售票员夹住了！"司机也不停车，只把车门一开，车上的人把她使劲儿一拉。上来后，卖票抓贼，一切习以为常。

她们很辛苦，无冬历夏，早班三点就起床，赶到车场跟师傅热车，打扫车厢，做发车前的各种准备。刀子嘴豆腐心、尽心尽力是共同特点。如今，这情形是见不着了，社会毕竟进步太大了。只是有时想起当年乘车的辛苦，想起这些北京大姐，心里还是充满了怀念。

◆ 20世纪60年代初外交部条约法律司组织春游时照，第一排最左是作者的妹妹。

◆ 20世纪60年代中期，外交部条约法律司干部及家属春游时合影。

◆ 作者母亲秋游时与同事们照。

◆ 20世纪60年代中期外交部条约法律司干部及家属春游,第一排居中戴鸭舌帽系红领巾者为作者。

忆美食

祖母做的炸酱面很地道。有位朋友回忆说，今生有幸，还真吃过陆奶奶做的炸酱面。味道确实好，可惜那时我还在房管局卖苦力，饭量大，让陆奶奶吃惊了。吃完余香满口，还想吃，不敢开口。于是第二天自己跑到晋阳饭庄，叫了一碗小碗干炸，觉得酱太咸了。

外边的炸酱都咸，俗话，死咸。这不奇怪，咸了省酱，跟吃打卤面咸了省卤一个道理。馒头加咸菜，又省又香，不过这是没办法的办法，谁也不会拿它待客，免得被人骂死。不过，当年外边也有不少好吃的，只是现在没有了，有也没当初的味儿了。回忆当年的美食，举个例子，那是20世纪60年代祖父去乡下搞"四清"，临回来时，祖母让当时还是小学生的我写了封信,问祖父回来那天想吃什么。祖父回信,丸子大肚炉肉熬白菜。祖母打发我去西单的天福号买了,熬好白菜等着。吃时一看,汤一片浓浓的奶油色,祖父只是喝汤吃白菜,说丸子大肚炉肉都是"佐料"。刚好我最讨厌吃菜,把"佐料"吃了个一干二净。

头十来年,特别想吃炉肉,去天福号,店里伙计都不知有这味东西。有位朋友告诉我东单附近有家天福分号,还有这货。到附近一问路,一个五大三粗的汉子一张口就让我心里一热:"怎么着,哥们儿?想这口儿啦?!"随后指了路。进店一瞧,墙上一张纸,上书:炉肉,九十九一斤,当天预订,三天后取。刚要预订,伙计说,认的人太少,暂时不做了,因为大家都以为是卤肉。什么时候做,过段时间再说。

又过了两三年,一次去北海逛,中午进了仿膳,一看菜谱,居然有炉肉。好像也是熬什么菜,小一百一道。点了,一大盆,大片五花肉,铺了一层又一层。一尝,还真找回点儿当年的味儿,那是一种又有蒸又有烤又有卤过的怪味儿。南窗外是山,北廊下是湖,在湖光山色中吃炉肉忆当年,挺好。

其实,当年过了就过了,忆不忆、吃不吃照样生老病死、喜怒哀乐。个人愿意昨日再现,那是追忆逝水年华。社会向前发展,时代一刻不会停滞,是历史的必然规律。人得处好这二者之间。小时爱读巴尔扎克，读了不少，记得马克思有一段评论，大意是，巴尔扎克了不起的在于，他最欣赏的是旧贵族，欣赏他们的风度行止衣容教养规矩做派，最看不起的是暴发户，看不起他们胸前挂着粗项链，十个胡萝卜粗的手指上每个都套着大钻戒，嘴里叼着粗大的雪茄。证之以《高老头》《搅水女人》等，确实如此。书里的女人们精神上依恋贵族，物质上投向暴发。这正是那个时代的写照（封建没落，资本崛起）。所以，马克思说，巴尔扎克辛辣无情地讽刺了资本主义，却无意识地为他所无限同情的没落贵族唱了一曲挽歌。

所以，人，可以回忆过去，沉溺往事，但必须跟着时代走。当然，你得有分辨时代潮流的能力。例如"文化大革命"，例如"造反有理"，例如"解放全人类"。如果你把它们当成时代潮流上前拥抱，等到秋后算账，你会死得很惨。

炸灌肠

说起炸灌肠，我记得最真的是护国寺庙会上的炸灌肠。记不清是六几年，大殿失火，周围的偏殿、僧房都住进了居民。一到庙会，搭棚唱戏的、变戏法的、说评书的、卖小吃的，应有尽有。特别是灌肠，大铁铛，刷清油，粉红色的灌肠有胳膊粗，切成片，放在铛里煎得焦黄。煎好的灌肠散发出诱人的香味，隔两条街都能闻着。师傅用一扁瓷盘往煎好的灌肠上一扣，下边用一大平锅铲一铲一翻，一盘金灿灿香喷喷的灌肠出锅了。吃前要浇上加盐水捣得稀烂的蒜汁，灌肠与蒜汁是绝配！一口下去，这辈子都不会忘记这种老北京的味儿！

过去炸灌肠只炸一面，为什么呢？炸两面灌肠就不平了，翘起来了，吃时扎嘴。我记得60年代在厂甸吃灌肠，就是平的，粉红色。现在灌肠送来时，歪七扭八扭着就来了，好像它还有腰，会扭。但干而硬，难看又难吃。颜色也由粉红变成苍白，好像营养不良的人。

下酒菜

我一直有些好奇,喝酒的人都用什么当下酒菜。说起来,这也和小时候一次经历有关。

上小学时,每天来回要经过西琉璃厂。在它的中腰位置,与南柳巷和北柳巷相交的地方,靠北有一酒铺。那里除了卖酒,也卖些低端糖果。我兜里要有了零钱,就常去买我最爱吃的芝麻糖。那是一种外形拧得像麻花,中间有根红丝,撒满芝麻的糖。二分一根,属于这里糖中的贵族。我对酒铺有两点印象深的。一是它外面房檐下一行字写着"公私合营"什么什么。虽然小学生不大懂阶级斗争,但在当时那样的政治环境下,已经知道"私"是不好、落后的象征。但这里不但有"公",还有"私",而且"公"与"私"还"合营"了,让我不解,所以有一段时间进店去很注意观察私方代表的酒铺老板。

一看不要紧,果然看出他不像劳动人民。与连环画上的工农形象差距很大。画上的工农,头上或戴前进帽或裹羊肚巾,他却戴一顶瓜皮帽。工农都是大眼睛,且目光如炬,他却小眼睛,还黯淡无光。工农都是身材均匀,步伐矫健,他却大腹便便,步履蹒跚,终日坐在柜台后边,打着一把红色大算盘,不知在琢磨什么。

另一点印象深的,就是每当有酒客进来,他就"焕发了青春"般的热情。这些酒客,大部分是老头儿,一般都在晚上来。他总是从一个大酒坛里,用一个系着红布的木勺子给他们㧟出一小碗一小碗的酒,拿出几碟小菜,与他们聊天儿。这些老人互相间大多数也认识,他们似乎聊得很投机很热闹。每当这时,他那平常蜡黄的脸上,好像也放出光来。

有一回,下学经过,进去买芝麻糖,一眼望见一位忘年的"知音",一个老头儿正用两根儿芝麻糖下酒。我马上想到这下我可以让祖父高兴了。那时我计算东西的贵贱,总爱用芝麻糖换算。比如我逛荣宝斋(也在回家必经路上,酒铺靠东一些)时,见齐白石画的小鱼小虾,一张两块,用芝麻糖一换算,整整两百根!所以我很看重芝麻糖。

到家是傍晚,祖父正在饭桌旁喝酒,我赶紧过去告诉他刚才的所见,并且说,我平常收藏了一些芝麻糖(舍不得吃),现在可以给您拿来下酒。本想祖父会夸我,没想到祖父头都没抬,说:"嚯,真惨!"使我的"孝心"落了空,很失望。

以后多年,我一直好奇喝酒的人们用什么下酒,结果五花八门。后来不少人对我说,用什么都不重要,关键是喝什么酒。曾见报上报道有人用安眠药片就酒,说又省钱又尽兴,可能也能达到一种境界吧!

口味低

祖父和我闲聊《济公传》时说,这书用南方杭州作背景,可济公下的馆子全是二荤铺。所以,作书的郭小亭是北京的平民。

什么是二荤铺?看看书,明白了。而且稍带着也明白了祖父为什么说我吃饭口味低。

二荤铺主要是北京平民百姓吃饭的地方。二荤有多种说法,最流行的是肉和下水。二荤铺里没有海参鱼翅,鱼虾基本绝迹。

二荤铺一般一两间门面,灶在门口,座位在里。一两个掌灶,一两个跑堂,一两个切菜,一个"小力巴"(学徒)刷碗,齐活。店堂里几张方桌,七八条板凳,光线也不大好,客人多为附近熟客。

二荤铺价格低廉，菜品不过溜丸子、炸丸子、炒肉片、熘肉片、熘肉段、炒腰花、炒肝尖、爆三样等低档肉菜（全是我爱吃的。昨儿晚上我还吃了道炸丸子），价钱毛八七。极少数铺子里有小菜如熏鱼、炸虾，也只可怜巴巴的几条或几个。素菜只几分钱，什么麻豆腐、烧茄子、辣白菜之类。讲究的肉菜，如红焖肘子、四喜丸子、过油肉、粉蒸肉等，就得奔八大春、八大堂、八大楼了。

二荤铺里没菜牌子，菜名都是伙计在客人面前报。客人也多是熟人，基本平民百姓，如拉洋车的、推排子车的、蹬三轮车的、窝脖儿赶脚的、掏粪送水的、打卦算命的、打鼓剃头的、磨剪子戗菜刀的，进来闹个"穷人乐"。当然，除穷人外，二荤铺也有"大买卖"。它们不少设在大学附近，如东城沙滩，西城海淀，为师生服务。还有的承担政府机关的包伙。富商大贾名公巨卿虽不来这种地方，教书先生和机关职员倒不嫌弃，鲁迅就曾多次在二荤铺请朋友吃便饭。

看到这儿，我终于明白祖父为什么说我吃饭口味低。原来高档菜必须有鱼虾。什么清蒸鱼、干烧鱼、红烧鱼、烧划水、熘鱼片、烧头尾、熘中段、爆炒虾仁、红焖大虾、芫爆虾球等。反观自己，小时吃鱼不会挑刺，扎了嘴，从此不吃鱼。只对红焖大虾的虾汤感兴趣，虾的感觉却一般。什么鲍鱼、海参一般不碰。因为心理作用，从不碰飞禽走兽，那么剩下的就是猪牛羊鸡鸭。烧鸡烤鸭，可吃可不吃。羊肉过去不吃，牛肉口感尚可，不吃也行。唯有猪肉，怎么做怎么吃，怎么吃怎么香。一顿不见肉能忍，一天不见肉不行。我又不爱吃蔬菜，而好蔬菜里有许多档次很高，比肉菜还费时费力费心费钱，我不吃也拒绝尝试，口味自然就低了。

好在从小到大几十年，跟着祖父和他的朋友们去过不少饭馆饭堂饭庄子，见过点世面。俗话：没吃过猪肉，还没见过猪跑？想想自己，既吃过猪肉，也见过猪跑，聊以自慰了。

请扫描二维码，聆听本文背后的故事

头锅饺子二锅面

海碗居不知何方神圣，卖炸酱面出了名。进店您一挑门帘子，自有头戴小黑帽、身穿灰布长褂儿、肩膀搭块白毛巾的伙计（小二）低头哈腰迎上来伺候，大喊一声（几）位，里边儿请！（学得还不到家，应该叫，爷！您里边儿请！）其他不忙或正在忙乎的"小二"，听到了，也群呼一嗓子："来了您哪！"有时能吓人一跳。有回与朋友去吃，本来还安静的店堂，随着一声又一声"来了您哪！"或"走了您哪！"充满噪声，无法谈话。朋友不胜其烦，也喊了两嗓子："心脏病了您哪！高血压了您哪！"方得浮生半日闲。

而这会儿的炸酱面，味儿越来越差，价格越来越高。从一碗八块，到十二，十六，二十多，让人无法欣赏了。想起小时自家的炸酱面，有天上人间之比。

第一，必须到西单买天源酱菜园的干黄酱，回来自己用水化开。第二，备菜码。黄瓜、萝卜（心里美）、豆芽、青豆、黄豆、芹菜等。其他时令菜看季节，爱吃什么看您口儿。萝卜切块，黄瓜切条，也可以都切丝，随便。大蒜是不能忘的，多来几瓣。第三，炸酱。必须买上好的五花肉，切成肥瘦肉丁，下锅煸好后，酱上冒出一层金黄色的油，至少一二厘米厚。第四，抻面。这门手艺如今没几个人会了。之所以要抻，是抻出的面筋道，有嚼头儿。第五，下面。讲究头锅饺子二锅面。因为头锅饺子水清，二锅饺子水浑了，饺子发黏，不爽口。二锅面刚好反过来，面要吃二锅，因为面条是黏黏糊糊的吃着香。（清汤寡水的面没香味。）吃完了，来一大碗面汤，俗话，馒头打底儿，稀粥溜缝儿。换个说法，面条打底儿，面汤溜缝儿。然后床上一躺，来一个大午觉。再一睁眼，窗外日头已斜，晚霞满天。伸个懒腰，正是"草堂春睡足，窗外日迟迟"。

说起这些，就会怀念我的祖母。她的炸酱面，就是如此。而且，她会抻面，但人老体弱，只能给我祖父一个人抻。七十多岁以后，也抻不动了。祖父吃饭讲究，他吃饺子每锅只能下五个。后来在家人的抗议声中，变通为一次可下十个。"文化大革命"不能讲究时不知如何，太平岁月里，似乎一直这样。

祖母的一些话给我印象很深。比如,做菜咸了,她就说,打死卖盐的。这和做菜咸有什么关系?我后来想,可能意思是,把卖盐的打死了,把他的盐全放你做的菜里了。

如今,外边儿的炸酱面,是一点儿不想吃了。

南北饮食

曾在报上看到一篇文章,说一北方老公把南方老婆伺候得无比舒服,天天变着法儿做饭。有人对女人说:你多幸福。女人回说:那是谁的幸福?他的还是我的?对方不明白。女人说,他们北方人怎么做饭?怎么吃?什么东西都乱七八糟地放一块儿,还弄得黏黏糊糊,还爱吃酱油,不管做什么菜,最后除了弄出一股子酱油汤子味儿,什么香味也没有。我们南方人怎么做饭?所有菜、肉都要做出它自己的味儿,一种菜,一种味儿,一种做法,一种吃法。我们不勾芡,也不使酱油,这样味道清、鲜、原汁原味。他(老公)吃得这么糙,我把他教得这么细,你说是我的幸福还是他的幸福?还有他们北方人最爱吃的饺子,把一堆菜肉乱七八糟这么一和,囫囫囵吞枣这么一吃，吃出什么味儿了？还告诉说，好吃不过饺子，舒服不过倒着！

我庆幸自己没遇到这位女士。若遇到，谈恋爱，准崩；结了婚，准离。因为，一、我最爱吃勾芡的东西，香；二、最好炒菜搁酱油，有酱香。口重，好厚味，不喜清淡。尽管祖父屡屡要我吃清蒸鱼，我还是爱吃红烧或干烧。大虾一定要红烧，见南方人煮完用盐蘸着吃，最初真以为他们是蛮族。原来他们也以为北方人是蛮族。

萝卜青菜，各有喜爱。好哪口儿，来哪口儿。就像南人南相，北人北相，瞧惯了都顺眼。说起吃，我特别想提勾芡。我爱吃的食物中有打卤面，打卤面里最重要的就是勾芡。打卤的汤，必须肉汤。排骨汤、白肉汤或大骨头汤都行。汤熬好，往汤里勾芡，然后再放打好的鸡蛋（打几个随意），最后把切好的白肉片放进去（应该还放泡好的木耳黄花。我不爱吃，所以不放），煮好面，浇上卤，准备吃，重要的一步来了。

这重要的一步，第一就是不能用筷子和弄卤，卤一澥，没黏糊劲儿，成汤了；第二就是少吃面，多喝卤。吃打卤面，不是为吃面，是为喝卤。所以我们一做就是一大锅卤（菜锅一定要用铁锅，菜有香味，铝锅不行），下一小锅面。

不光打卤面，凡吃勾芡的东西，吃时切记不能和弄。有时在外边看人吃打卤面、豆腐脑、炒肝儿拿勺搅拌，总有想告诉人家怎么吃的冲动。其实，不必。记得有个云南学生说，我去吃了老师推荐的炒肝，黏黏糊糊的，难吃死了。我心想就你们那见了不撒手的云南米线，清汤寡水，我难以下咽。但是祖父多少次批评过我，你不接受新鲜事物。因为他推荐我吃的美食，我大多不吃。现在想来，祖父的评论是对的，只是已经晚了。

糊窗纸

老北京人,百分之九十九都是在院子和胡同里长大的。七八十年代以前能住进楼房的寥寥无几,令人仰望。当然,这楼房是要自带卫生间、厨房和暖气的,一般只有各部委机关宿舍。住平房,有个事不能少,就是糊窗纸。

有句话,"挑破窗户纸说",就是用"挑破窗户纸"形容自己说话单刀直入,同时隐含着对对方的不满。老房子,窗户糊纸的多,玻璃窗少。我家20世纪30年代盖房时,南北房已是上下玻璃窗,但西厢房下边是玻璃窗,上边却是纸窗。每年春天来时,揭掉旧纸,换上新纱。秋天到了,要糊新纸。这些事,总是我来干,从四五年级开始。

每次糊纸前,总是去达智桥的万宝全买纸。纸依贵贱,分为几种，最好的是高丽纸。老窗户规格统一，买回来不用裁，直接用。糊之前，先打糨子，每次我都用一个绿铁勺，弄点面加点水，手里拿着在炉子上和弄，一会儿就能使。然后把纸铺在饭桌上，只在上面抹一道，粘在窗户上，抚平。然后把祖母的炕笤帚拿来，剩下三边顺着一个方向扫几遍，又平又结实又省事，大人总在这上夸我会干活儿。一高兴，我又蹬梯上高，把北房明暗间，里屋堂屋上边用来通风透气的十个花隔断也用纸糊上了。现在回想，紫红的颜色，细致的雕刻，让大白纸一糊该多难看。但当时就是想让大人看看自己的能耐，最怕大人说自己是废物点心。

要说，纸窗户比玻璃窗还不漏风。冬天，窗外六七级大风呼呼响，窗户纸也跟着哗啦啦伴奏，下一秒好像就会破，可它就是不破，一丝风也进不来。

我对纸窗有一种依恋，因为它有点像皮影戏。我们前院基本还是上下纸窗，灯火常把人影投射到窗纸上，他们的身影、活动朦朦胧胧的，让人展开无限想象。

我从小爱看公案小说，那里常有这样的情节：月黑风高夜，一个人蹿房越脊，飘然而落。身穿黑色夜行衣靠，脚蹬薄底快靴，背插单刀，腰间百宝囊。来至窗外，手沾唾沫，将窗纸弄一小口，单眼一望，只见屋内小姐正与丫鬟说话，更无别人。于是从囊中取出两团棉絮，先将自己鼻孔堵住。又取一小铜鹤在手，将鹤嘴伸入窗孔，鹤尾一拉，只见一股白气直奔二人而去，满室异香扑鼻。小姐丫鬟登时翻身栽倒，人事不知。贼人将鹤收好，便步拧腰，方要推门，只听房上暴雷也似一声大喝，好你个采花淫贼，爷爷在此候你多时了！跳下一人，摆刀就剁，贼人急架相迎。接着就是员外、家丁、庄客一起上阵，热闹就此展开。

朦朦胧胧的灯火，朦朦胧胧的人影，很可以达到现实中达不到的情景。汉武帝的皇后（李夫人？）死了，武帝很是思念。有个术士就用烛光和人影让她和武帝相见（当然不能近身也不能说话），这恐怕是最早的"皮影"。现在琉璃厂的小铺里，还卖驴皮道具，但皮影戏团，好像早就灰飞烟灭了。

炉子爷

我和祖父母住的北房有两个炉子,我称之为"炉子爷"。爷,就是它们有脾气,得好好伺候。不伺候好,马上灭。这就需要你反复实践,摸清它们的脾气秉性,照方抓药。祖父母卧室里的炉子个儿大,脾气也大,是胖爷;客厅里的相对小些,脾气也小点儿,是瘦爷。

伺候它们,得有好使的家伙什儿。所以煤夹子、煤铲子、通条、火钩子都得趁手。此外,大圈儿、二圈儿、炉盖子、盖火都得合适。祖母去世后,我就和祖父生活,所以练就了一手封火的绝活。可惜北京没举行过封火大赛,否则必进前三。

祖父极其怕冷,晚上睡得又早,大约九点就睡下。却又起得早,五点多就起。所以他的理想是:早上起来一挑盖火,最上边的煤是黑黑的，而每个煤眼都通红通红。这样挑开一会儿，火就会烧起来。

为了做到这一点，我很花了心思。最主要的，就是你什么时候压这最后一块煤。炉膛里可放三四块煤，最上面这块压上去要和炉口找平，否则盖不上盖火。而从晚上十点来钟封火，到第二天早晨一挑正好，那就不光是上头这块煤的事，下面第二块，甚至第三块烧到什么程度，都有讲究。盖火留多大缝儿，炉门留多大缝儿，什么时候开始撅火，你得耐心伺候，要不炉子爷不答应。

我有整整一年的冬天，一次都没灭过火，而且连炭都没用过。第二年冬天，接过两回炭，没灭过火，真是神了。大家都不相信，以为我吹牛。

回想过去，有个情景让我有点儿惆怅。某年冬夜，我坐在祖父卧室里等封火。因为我那时已算出，封火的最佳时间是十点半到十一点之间，那夜我坐在炉前等着火苗子上来。静寂中，祖父的鼾声不断传来，窗上，月亮把树影投上去，风又把它来回摇。炉中火光照得满墙黑影。我手里拿着火钩子，困倦、慵懒、温暖袭遍全身。真想，时间在此止步，一切停留在眼前。

火钩子、煤铲子、炉子爷无影无踪，很多年过去了。

大字报的用处

启功先生屡屡说，认为他的字写得最好的时候，是抄大字报。没人围观，没人赞赏，不用好纸好墨，不用担心暴殄天物。还和旁边的人说着话，聊着天。天马行空，信笔挥洒。所以那时的字最好，最由性。大字报的另一作用是为捡破烂儿的（今日称"拾荒"）带来生意。破烂儿中属烂纸最值钱。我们中学有个同学，家穷，一家捡破烂儿。家人和他发现卖大字报最赚钱，但走路扛麻袋太辛苦。于是大众创新，群策群力，为他量身定做了最早的旱冰车。一块木板，四个轮子。木板上放一个筐，他往后边一站，一脚在上，一脚在下。手拿九齿钉耙（用粗铁丝弯成的钩子），脚下一使力，纵横大街小巷，还挺威风。那时大字报是糊了一层又一层。因后来的人贴大字报，谁都懒得把前边人贴的撕下来，就直接贴在前边的上面，多的能有五六层。他找那贴得厚的，钉耙往上一搭，一钩，一扯，登时下来一大片，往筐里一塞，脚下生风。不过有时没注意，人家刚贴上，他也给扯下来，人家追着要打，不过他有旱冰车，不怕。同学们形象地形容他是，脚踩风火二轮，手拿九齿钉耙，巡视大街小巷。他是同学中最先富起来的人，常花个毛儿八分的买宝塔糖、山楂丸请大家吃。要一块儿出去，大家也常帮他撕大字报作回报。

想来，那些回了炉的大字报，今天又印成开启民智的书刊。天不可欺，尘归尘，土归土。

痞满四合院

电视剧《情满四合院》算是把北京人糟践到家了,那不叫情满四合院,该叫痞满四合院。院里最伟大的正面形象——傻柱儿,是最标准的痞子。先瞧那形象,一双棱棱眼儿,目露凶光。祖母生前对我说过,这种人瞧着"犯相",让我"道儿上瞧见躲着点儿"。再瞧那做派,整日挥拳攘袖,不是扇人耳贴子,就是当胸一拳,要不把人绑了,以此歌颂他"伸张正义"。真要如此,天下何必文明?换成梁山泊、少林寺岂不更好?全国人民齐练双风贯耳、黑虎掏心,撸起袖子学李逵。再听那腔调,建议没听过北京痞腔的朋友们都听听,再配上说时的斜眼儿、歪嘴儿、抡胳膊,就这主儿,要搁过去,谁家的姑娘也不给。哪怕天下的男人都死绝了,就剩他一个,

北京胡同(陆昕摄)

也不给这路玩意儿。

院里其他人,老老少少,多多少少,都带着痞味儿。最大特点就是说话不吝。不吝,就是话我想怎么说就怎么说,而且我永远正确。事儿我想怎么做就怎么做,而且我永远对头。你要不同意,肯定你错。你要争辩,最后肯定你没词儿。老的是倚老卖老加上浑不吝,小的是无知无畏加上我是流氓我怕谁。一院儿痞到一块儿了,所以,痞满四合院。

您要问,这是不是北京人?我还真得说,是。您要接着问,北京人是不是就这样?我得说,林子大了，看您要什么鸟。您要再问，电视不能信？我得说，鲁老爷子说过，真实的东西都能拿来写？生活里有大便，有苍蝇，你写吗？可人家就偏要写"美丽的苍蝇在金黄的大便上走起了猫步"，你又能如何？

文化、素质、精神、教养、家庭、环境、性情、阅历，把人分成三教九流。什么人说什么话，办什么事，哪个地方的人也分上下九品。喝汤要抿嘴，吃饭不能吧唧，应该是所有北京人世代相传的老规矩。可还偏偏就有被誉为著名京味儿作家刘一达的讲北京风土人情的大著，命名《咂么北京》。"咂么"什么意思？就是把北京搁在嘴里来回吧唧，以显示对北京的爱。

吧唧可以，咂么可以，京痞也行，串子也行，不过这既不是全部北京人，也不代表全部北京话，别还评为什么"优秀电视剧"。话糙，您多担待。

请扫描二维码，
聆听本文背后的
故事

票证的记忆

记得祖母去世后，母亲收拾东西时，曾对我发感慨，说："你爷爷那么一个有名的教授，你奶奶那么大的教授夫人，用五个面口袋拼成了一床被里。"这是怎么回事？

五六十年代，运动多，难免影响生产，经济不好，商品短缺，人所共知，很多东西的供应都到了今天人们难以想象的极限。因此，有限的一点点供应，只好靠发各种票证维持，粮食和布匹最当先。

布，一人只有几尺，可以蔽体。再有，就难了。所以那会儿你搞对象，要嫌对方个儿矮，老人就会来一句："个儿矮怎么了？省布！"

当时粮店每年按户发一条面口袋，新布。没人舍得拿它去买粮食。街坊邻居有几家每月都来找祖母借钱,这月初借,下月初还。然后再借,再还。循环往复,祖母来者不拒。邻居也不多借,每月五块。于是有人把自家的面口袋送了祖母,祖母就拼成了被里。要不然,一个被里五个面口袋,五年才能拼出一个。

人们对衣服格外珍惜。新衣服买来不舍得穿,要放段时间,所以有"压箱子底"一词。我受这习惯影响很深,到现在衣袜鞋帽买来也不舍得马上穿,得放个几天。有次和出租车司机聊天,她挺不解,问,有什么道理吗?我心想,有什么道理?要说道理,好像是个仪式。

再说吃。十多年前,我探望康殷(大康)先生。大康最有名也是广为流传的故事就是三年困难时期,画粮票买烧饼。被人识破后以投机倒把罪判刑进了监狱。聊起这事,先生说,那时,我二十多岁,正能吃。一月几十斤粮食真不够吃的。我是饿,真饿。咱们读书人,不能偷不能抢不能骗。没办法,画张粮票买俩烧饼,结果说我投机倒把。有这么投机倒把的吗?

被穷养出的习惯则有许多。有次我一位长辈说,现在观念真要改变了。比如买二斤苹果,一看两个有碴儿,先把这俩吃了。明儿再看,又有俩有碴儿的,又吃有碴儿的。最后花二斤好苹果钱,吃了二斤烂苹果。再比如不舍得倒剩菜,结果吃了霉变的坏东西，闹病吃药打点滴住院。虽然受了罪，下次还不舍得倒。为什么呢？就是穷，穷出了习惯，养成了毛病，过一辈子不能"断，舍，离"的日子。

之所以人们不舍穿不舍吃，就是一条，没有。没有多的，多一点儿也没有。把眼下这点有的吃完了，就真是一点儿没的吃、没的穿了。所以发行了许多奇葩票证。如0.001两肉，0.001两油等。每月除了粮票、油票，就是买那购货本上的一两粉丝、二两麻酱、五盒火柴、一条半肥皂，到年根儿底下每家才供应半斤花生、半斤瓜子。工业品如炒菜锅、水壶、脸盆，则用工业券。至于手表、自行车、缝纫机，就得靠天上掉馅饼，单位分派了。

人问：你们怎么想？人们当时的想法很简单，两点：国家有困难，应该共度时艰；困难是暂时的，好日子在后面。不能说一点怨言没有，但比较少。相信党和政府，是主流。

后来，改革开放初期，有了双轨制。这是从公有向市场转变的萌起。即大多数商品有了两种价格——计划经济体制下的价格，便宜；市场经济体制下的价格，高昂。从橡胶、石油到猪肉、花生油。过去有钱吃不到油票、肉票以外的油、肉，现在可以用高价吃了，称为"议价油""议价肉"等。而双轨制也滋生了最初的腐败，主要体现在工业原料上。如果你能以计划内的价格买到工业原料,如石油、汽油、钢铁、橡胶,然后以市场价卖给急需生产但额度不够的厂家,利润之高有的是想象空间。但给谁不给谁,就由有此权力者说了算。于是又由此滋生了一个词,"批条子"。在风起云涌走后门挖路子的众人中,哪些人能拿到条子?首推当然是高干子弟。于是,大批高干子弟云集的某公司叱咤风云、一时无两,不久又因此臭名远扬、遭人唾骂而被国家拿下,这就是当时一个时代的缩影。

回头看,改革开放以前,人民生活过得很穷。但这穷,不是老百姓造成的。改革开放四十年,成就有目共睹。说明只要路线对,政策好,中国老百姓还真是勤劳刻苦,自我奋进。所以,政府必须时时警醒,永远把民生放在第一。先圣言:悠悠万事,唯此为大。诚为不虚之言,主政者牢记。

公厕的故事

母亲从事外事工作,她曾说起,改革开放之初,外国人来华,最怕外出游览时上公共厕所,尤其是女人。脏臭还是小事,一进去,一溜蹲坑人瞪眼看着你如何动作。她们不理解,一个人怎么可以把身体最隐私的部位堂而皇之地展示出来,有些人甚至急哭了。

我家有自己的厕所,但我还是要去公共厕所。因为它有一个传播功能、媒体作用,相当于今天的麻将馆、棋牌室、聊天屋、咖啡店、小酒吧,各种正负能量的信息接连不断,真假难分。上至军国大事,谁上谁下,下到里巷琐闻,吵嘴干架,想听什么有什么。

比方,你说,最新消息,上边那谁谁谁要给抹了,这两天就见报。家人问,你哪儿听的?厕所里人说的。我刚上完回来。要不就是,我刚厕所里碰上傻根儿了,他说昨儿晚上东头二狗子跟他媳妇打了一宿,他媳妇连哭带号拿剪子寻死,拉都拉不住。

不过我最爱上公厕的原因倒还不是听消息,而是为交朋友。太小太脏的我当然不去,所以我找了个大而相对干净的。去了没多久,附近几条胡同的大人孩子就全照过面。过些日子,孩子们就说上了话。不久,熟的、好的就约着到家里走动。由此还互相介绍朋友,形成最早的一个又一个朋友圈。

我去时,总爱夹本书,有时看上了瘾,不看完不起来。完了腿也麻了,只好对完了的孩子说,哥们儿,拉一把。别的孩子瞧我总有点儿好奇,你住哪儿?哪院的?叫什么?你怎么那么爱看书?借我瞧瞧?要不咱俩换换?我也有书。由此我结识了更多的人。

我去的厕所相当高大,所以隔开男女两边的墙并不封到顶,这样,两边说话都听得很清楚。不过大家各聊各的,互无妨碍。有时碰巧家人在那边,还可以隔墙喊话,大家习以为常。

现在来看,改革开放之后社会文明的一个巨大进步,就是人们懂得了隐私。有了隐私观念,人们才有自尊,才会尊重他人。

我们小时候,根本不知道有"隐私"这个词,当然更不懂什么叫"隐私"。比如,随便拆家人的信,堂而皇之看儿女的日记,随便问女人岁数、他人薪酬,一切理所当然。现在想,真的理所当然吗?

我们出去开会,不是领导,自然是两人一间,还有三人一间的,大家习以为常。十多二十年前,所里去日本开会,一人一间,还很惊奇,觉得人家奢侈。有回

◆ 北京胡同(陆昕摄)

看民盟中央刊物，作者回忆一位去世的学校领导。说有回开学术会议，夜里领导不好意思地挤到他们的两人间睡。说一位挪威学者无论如何不肯睡两人间，于是他把自己的单人间腾了出来，这就叫尊重隐私。既尊重自己的，也尊重他人的。

隐私，改革开放的最大成果之一。

浮生半日闲

我觉得现在去潘家园的人,外国人和旅游者不比北京人少。只要有闲心闲情,不必有多少闲钱,都可以周六日往那里溜达一趟。套句俗话,只有你想不到的,没有你看不到的。这里边要有一个清醒的认识,旧货市场不是真货市场,摊贩也不保真,好坏真假,您自己看,和拍卖行大同小异。如果您真认为自己以低廉之价捡了天大的宝贝,您掏钱的时候也需做好认赌服输的准备。反过来,我就是过来玩儿,不管真假,喜欢就行,那多少总能有点儿收获。我有件事挺后悔,说来有二十年了,在一个地摊上,摊主扔出一堆裱好的画片,大小一律整齐划一,全部大名头,张大千、齐白石、李可染要谁有谁,十块一张,随便挑随便选。当时很喜欢,结果想到假,放弃了。其实当时应该全买下来,喜欢就好。逛,是收获一个心情,一种乐趣,时机和眼力对上,发点小财也有可能,发大财概率近乎于零。但我很喜欢听摊主们讲故事,有声有色夸张渲染,也是万众创新的门类。

还有,对我来说,看看世态,也是收获之一。有天见一身高八尺膀阔三停的老外在一店外买拐棍儿。我见他挑了两三根儿,跟摊主讲价。开始摊主还满脸堆笑,不久就晴转多云。但老外似无所见,虽不会中文,却以计算器和手势不断讲价,且脸上始终微笑。摊主的脸色从晴转多云到多云转阴了,老外放下手里贵的到便宜的堆里挑。摊主的脸色更难看了。最后老外挑了一堆拐棍儿,又左比画右比画拿计算器讲了半天价钱,夹着一堆拐棍走了。临走时,还不忘和摊主"咕嘟白"。摊主很生气,瞧着老外的背影,狠狠地说,这老外,真(下删两字,仿贾平凹《废都》笔法)精!猴儿精!

在一个十块钱一本的书摊前,一位五十多岁的人在杀价,还到九块,刚要成交,一个摊位的中年女老板过来说,十块钱一本你还杀价,不就差一块吗?买主脸上不好看,马上说,我们说价钱,关你什么事?用你管!女老板脸上也不好看了,用有些刺激的话回击,几个回合过后,男子满脸通红,大叫大嚷,好像要蹦起来。这时我身后有个拿步话机的保安与人通话，几号几号摊位前，有纠纷。接电话的人不久也来了，但这时二人已被劝开，围观的也散了。

做买卖，别动怒，少生气，说易做难，我自己也只能做到勉强。漫天要价，就地还钱。我买过一个明黄色的蒜头瓶，工艺品，报价就八十。过两年，又看见一个，略大，问价，八万。我拿起细看了一下，摊主说，真有心，八千。我说，东西不错。放下就走，他拿起瓶子在我身后嚷，八百怎么样？我也没回头。

潘家园，一买一卖，人间悲喜；大千世界，方寸之地。

◆ 北京东单（宗其香绘）

请扫描二维码,
聆听本文背后的
故事

潘家园记游

潘家园,全国各地文物商人和文物的集散地,星期六日尤其热闹。古今货物列如蚁阵,中外人等齐集,那种争利于市的气势,令人热血沸腾。

有交易就有故事,讲故事给你听,是做生意的手段,自然免不了,所以一百里头难有一真。但一千里头就可能有一真。我就碰上了三个真故事。

其一是一个收破烂的收到了一本鲁迅兄弟光绪年间在日本印的《域外小说集》。卖的不懂,买的更不通,但因种种机缘,最后在拍卖会上卖了三十万。这事我全程参与,可以保真。其二是一位友人在摊上发现一套清初毛晋刻的《津逮秘书》,要九千。他马上按住,带摊主回家劝动老婆大人,买下然后送拍,得银十万,轰动潘家园。其三最轰动,是一天某位摄影家发现一麻袋摄影作品,一看,吓一跳,都是历年国家大赛中的获奖原作,且是垃圾价儿。卖货的看他感兴趣,说,你要要,有的是。带他到什么地方一看,十几麻袋,都是获奖原作。问摊主,说收破烂的装了一"130"送来的。摄影家很有责任心,虽然自己想要,但还是报告了有关部门。经查,原保存在国家美术馆的仓库里。后来清仓,管库的人一不懂二不问,上级估计也差不多,于是卖了破烂。幸亏文化日益深入人心,破烂才又转到潘家园,终于得到挽救。我是在潘家园管理处组织的一次聚会上听这位摄影家亲口所讲,给我印象深刻的是,他当时的表情好像魂游天外,连自己似乎都不敢相信这是真实经历。

像这样大、这样多、这样珍贵的确实不多,但比这差一些的可有不少。因为改革开放后,许多地方都在清库存,所谓清,就是扔,而且都是行政人员干,保存文化的理念比收破烂的差一大截儿。比如各出版社把几十年积存的文稿、信札、相片连扔带卖。文物出版社就直接扔垃圾桶,有位有文物意识的先生看着心疼,想挑也嫌脏,就学着捡破烂儿的拿铁丝弯个钩子,往桶里一挑,两封信,一看,无名鼠辈,扔了;再一挑,启功季羡林,收了。后来潘家园的人也发现了这个现象,于是丛聚在各大牌出版社前，如作家、人民文学等，等着收购。考古所、社科院、博物馆也是热点，各部委、档案局也行。冷的是出科技书的出版社，因为买书卖书，科技永远是冷门。我这样说，根据太多太多。比如一位上过电视现身说法，事迹又在各大报上屡屡宣扬的书业从事者，就从扛着一杆大秤走街串巷起家，二十年前就置了两套房子三辆车。而他打天下的秘诀是，他不光等在门口，还想方设法结识了清库的人。

再举个我的例子。一天，一位友人送我一份病历，一看，北师大校医院的，病人名字是我祖父。一问，是北师大医院清病历扔出来的。他从潘家园买来，要五十元。他问，这堆病历别的都是三十，这份干吗五十？小贩说，他查过，这一堆里最有名的就是我祖父和白寿彝，所以必须五十。听完后，我对小贩的评价是，水银泄地，功莫大焉。后来大家都提高了保护意识，张中行先生让我帮他送文稿，都是复印稿，以后都用电脑。仓库也不能随便清了，又有了一哄而上的大小拍卖，过去也就真成了过去。

我逛潘家园，主要关注书。卖瓷器、字画、玉石珠串、翡翠琥珀各种杂货的摊位每天都有，只不过与周六日比，多少而已。而唯独书，除了周六日，平常不出摊儿。

书的情形大概是这样：基本是新书削价，浩浩荡荡一望无边，差不多全这货；畅销的新书无货；有一些旧书，80年代为主，并不便宜；五六十年代的，稀见，破旧而死贵。民国也有，或一般，或极贵，老板娘还谈笑风生，笑傲旁边的一溜儿"群雄"。而手里拿不出像样书的其他摊主，似乎也就俯首称臣了。

古玩行里，流行俩词儿，"捡漏"和"打眼"。"捡漏"是说卖东西的人道行不够，把东西卖便宜了，让你捡了漏。"打眼"是说你学艺不精，把假的当真的买了，看走了眼。而且这行里有个行规，不找后账，权当买个教训。

这俩词儿到现在，我认为该消亡。一本书一件器物，只要大概能够上年份，卖者买者恨不能同时查书、上电脑、请教高人。不查出你祖宗十八代，把你在手中攥出水，绝不善罢甘休。所以基本没了"捡漏""打眼"。而且我认为这对词儿不科学，生意就是赚和赔，"捡漏"和"打眼"论的是鉴赏和辨别力，搁在生意上有些不伦不类。

由此而说，产生两个后果，就是想赚钱还是收藏。这问题不是针对卖的人，而是针对买的人。多年前，中国书店一位老师傅一针见血地说过，想买书，就别想留钱；想留钱，就别想买书。当然，买其他的也都是这个理。但是文物有个增值、变现的问题，这也就产生了收藏与出售两个方面。

古往今来，收藏家们的做法很简单，有钱收藏，没钱"易米"（文雅而遮羞的说法，翻成白话就是换口饭吃）。看上去潇洒，实际不是这么回事。藏别的我不知道，藏书的郑振铎卖书"易米"时，说"哪个（指书）都像我的亲儿子"，最后一个儿子没卖。清代有个藏书家，刻了个章，告诫子孙，穷了可以睡我的皮，吃我的肉，不许卖我的书。藏书还有个传统，秘不示人，称为"秘藏"。祖父有个好朋友是大收藏家，以今天看，好东西无数。我问祖父是否知道他的具体藏品，祖父说不知道，因为他没编过目，全在记忆里。启功先生也知道他，说，他们讲究秘藏秘玩，我跟他们不一样。他们是封建阶级做法，怕人知道。我要有那么多收藏品，我就是资产阶级做法，把它全公布出来，让大家知道这是我收藏的。先生还随举一例，说南方有个大收藏家，也不制目录。先生劝过那人，那人说，我现在不编，要编我就编"最好最好最好滴"。结果没两年，"文化大革命"来了，在席卷天下的"最最最"声中，那人跳了楼。所有收藏品，所有想做的事，连同他自己，真就化成了窗外的云烟。

藏书与藏书画瓷器不同。书画瓷器的美在外面，一眼就可以看见，是人就能欣赏。玉石更是如此，脖子上一挂，满街炫富。但没见过谁脖子上挂个宋版书，手指头上套俩藏书章，满街晃悠。又黄又黑的书页，破烂陈旧的纸张，一股子酸臭的馊味儿，怎生的是啊也么哥！所以你就多了一道工序，让人知道它的好，它的珍贵。而这又很难，因为它已成为一门学问。别的物类只在鉴定鉴赏这个层面上，而书独立形成了自己的学问，"版本学"。启功先生对我说，中国书店的老师傅们，是咱们搞旧学的衣食父母，是保护文化的有功之臣。我转告之后，一位老师傅说，我们不能和你们比。我们的知识就看那点书皮子（指卖书），你们还研究里边的内容。

启功先生的话是对的，对我们这些搞旧学的人来说，没有中国书店的帮助不行。有件事我一直铭感在心，那是有次去大楼（中国书店仓库），一位师傅对我说，这儿有你爷爷一本书。我一看，《中国音韵学》，是中国大学的讲义。祖父生前，从未提过有此书，家里也未见。祖父一生精研训诂，但未见有音韵学著作传世，也许天壤间只这一本流传。我拿去编入祖父文集中，了了心愿。师傅们知道我的家世，知道我的喜好，知道我的财力，所以对我多有照顾。如今想来，十分感动。

藏书的人有一点与藏其他物件的人不同，就是不爱出手。某大拍卖公司统计过，大概上过拍的东西五到十年一回流。就是一件东西拍出去再到买家拿这件东西重新上拍，五到十年。结果预估准确，但书却例外，二十年也没见几本珍贵的回来。

他们下一结论,买书的人还真是爱书。但不好的在于,做生意讲究流动,好书出来一本沉淀一本,所以炒不起来,价钱也上不去。所以想赚快钱、大钱的朋友最好另寻他径。

我在潘家园,大致买这几类书:对自己的收藏范围拾遗补阙。为什么买,原因如下:

50年代,一种梦想。

60年代,好奇新鲜。

80年代,睁开了眼看世界。

21世纪,回归传统。

近十年,找回自己。

比如:《中国历史小丛书》,引发了我对历史终生的兴趣。《外国民歌二百首》,幻想着未来的美好生活。《猪八戒新传》,让我高兴好多天。我最喜欢猪八戒,喜欢它的一切新老故事,视它为一种温暖的存在。它们在书柜里凝成一段段岁月人生,体验一种种酸甜苦辣。

如果没有改革开放,没有外国人和港台客,没有拍卖,中国的文物至今价值不显。有人说改革开放后,中国文物流失了多少多少,是实情。但他想过没有,没有改革开放,中国人自己会毁掉多少文物?保护文物在中国最有效的办法是这样几个字:值钱,能卖钱,能卖大钱。港澳台加老外,是第一冲击波。普京名言，抗议一千次，不如轰炸机上天一次。拍卖会就是第二冲击波，彻底炸开了中国人的认知线。

从80年代末开始，我一直在大楼（即中国书店办公大楼）里买旧书和新文学书。有一天，我见有一本很想要的书，问价，李师傅犹豫了下说，你想要？可贵，得十块钱。我一犹豫，李师傅说，这些书马上要送东廊了，给港澳台。东廊要翻倍，你更没法买了。我赶紧买了。

即便如此，港澳台地区的人及日韩人，仍觉得书价不可思议地便宜。因为"文化大革命"后中国内地人的生活水平和外界也是差得不可思议。我那时刚大学毕业，工资不算低，一月五十六。但若二十块钱一本书，便去掉了三分之一，犹豫是必然。但对他们来说，一本好书才二十，就是破烂价、白菜价。书友中有个根据真实情况编写的段子，一台湾人，进了古旧书店，四下一看，哇！好多苏（书）啦！哇！好便宜啦！哇！我都要啦！哇！歧视啦！（有些书不对外。）但当时的规矩很粗，只规定乾隆六十年（1795）以前的书不许出口，六十年（1795）以后就通通放行了。

在潘家园买书，每逢周六日，大家都去得很早，四五点就到，摊贩一来，蜂拥而上，争当麻袋旁第一拨。冬天天亮得晚，大家打手电，白光乱窜，不知是鬼子进庄了还是八路来摸炮楼。后来,有些人跟有些外地摊主熟了,头天就和人家在旅馆里见面了。你第二天打着手电守在冷风里想做麻袋旁第一拨,哪知人家头天晚上就在旅馆里完成了生意。

跟摊主买书,有的摊主正面忽悠你,给你讲故事,云山雾罩,把你讲头大了算,最后要一高价。也有不少人从反面忽悠你(女摊主居多),说自己没文化,没念多少书,不懂。她们的书的特色是,价不太贵,又多少有些卖点,你以为因她没文化而使你捡了个便宜。回家一细看,上当了。损失不大,但很懊丧。

有一个很多人固有的想法,你买得早,就便宜,又买得多,成为大家的可能就是当然。我也这样想过,有回跟一位集邮很早的朋友聊这认识,他说,也对也不对。关键你要能守住,这是一。此外你还得有钱,这是二。你有东西人家有钱,你一散,他一买,几十年为人家服务了。如果你不卖,可财力不行,人家在拍卖会上到处买其他书,分分钟超过你。所以,最关键的,一个字:钱。

这话倒让我想起一个人来,就是花近三亿买了据说全世界仅存四只(或六只)明成化鸡缸杯喝茶的刘益谦。本以为他是香港大亨,看报纸上刊载他的事迹,才知他是纯粹的上海普通小市民。他并不讳言自己的过去,从小惹是生非,爹娘打骂无用,刚上初中就退学了,自此混社会。跟着亲戚捣腾皮货、切汇,无所不为,只要能来钱。但他有个本事,只要有了螃蟹就敢先咬一口,所以股票一来,他也是急先锋,由此有了人生第一桶金。现在他在上海有七个仓库和一个大博物馆,堆满了艺术品。他有段话这样说:我很少去仓库看我的艺术品,后来干脆就不去了。为什么?我觉得那些艺术品在骂我,你刘益谦算什么?你念过几本书?你认识多少字?你初中才上了一年。你配把我们放这儿吗?我一去,它们就骂我,我干脆就不去了。

这样说,他又如何买上艺术品?这还得归功于他什么螃蟹都吃的商人本性。但本性虽在,文化没有,怎么买?这你就能看出商人的机敏。他解释道,我虽没文化,但不缺脑子。我就专买大拍卖公司图录上封面封底和重点推荐的东西。这些东西经过好多专家研究论证,也是拍卖公司的信誉保证,没什么假。当时是贵,天价,可我有钱,放得住,等得起,现在看,很便宜。

我很佩服他,没文化,有脑子,看似最难介入的事物,却能从捷径进入,取得成功。当然,最重要的是有财力支撑。可当时有财力有文化的人不少,他却脱颖而出。

传统收藏家是另种境界。朱家溍先生对我说,所有收藏家（传统的）到最后都是穷光蛋。因为搞收藏，由此及彼，由彼及此，没完没了，控制不住自己。而且每样好的都不舍得卖，存着留着玩着，最后弄成一穷光蛋了事。

逛潘家园随性而游，很好玩儿。有一阵儿，我想买一些广东轻音乐老唱片，如《金蛇狂舞》《彩云追月》等。不为听，也没唱机，就为乐曲名字和胶木唱片唤起美好过去。来到一摊前买了一张《小桃红》，一张《芭蕉夜雨》，很高兴。

想起"文化大革命"初期，祖母带我去椿树派出所交"四旧"。一个鲨鱼皮鞘的龙泉剑，一副紫檀盒装的麻将牌和一套祖父吹笛子用的集成曲谱。祖母个子小，我还是小学生，那些东西好重。近几年，屡次看见旧书店卖集成曲谱，但近万的高价我也无力问津。

站在潘家园市场的二楼上，下望人头攒动的市场，那些从全国乃至世界各地来淘宝的人们，河东河西的感觉很自然。但一想到久远的过去，就会想起启功先生讲过的一段话，他说："我大概两三岁的时候，家要搬到河北易县。那天起得很早，我觉得天上有星光，月亮还特别亮。家里人来来去去，外头还有马车的声音。我靠在一个小凳子上。这时有人跟我说，别靠在那儿，那儿脏。后来我知道那是马桶。但我还小，以为是个小凳子。"这个情景启功先生跟我说了多遍，似乎很怀念。

我也常会想起这样一个情景,我小时睡觉,有时夜半醒来,会隐隐听见有汽笛声。那时应该前门火车站已经没了,也许是永定门火车站?不知道。但是在万籁俱寂中,望着窗外的树影星光,在汽笛声里幻想远方和未来,一会儿就又睡去,睡得很熟。少年的梦,总是那么香甜。旧物丛集的潘家园,常常如梦似幻,勾起无限联想。

多年前,我曾陪张中行先生逛过海王村旧货市场,张先生刚进去,大概一身书卷气,仙风道骨的样子,吸引了众多摊主。大家一齐乱嚷,这老先生一看就是高人!您瞧瞧我的!您给看看我这件!高人来了!高人来了!张先生刚一说话,就围了几圈人。我好不容易护着先生出了重围,先生说,以后可不能再来了。又说,大致看了看,还真有点儿东西可以买,不过我是不买了。有个抄手砚,是明朝的。他要四百,要是八十我就要,你可以留意,还到二百,你可以要。张先生藏砚著名,我只对书有兴趣,所以没有再去。但张先生一句话影响我很多年,出门后,他说:"文物这东西,治世时大家抢着收,乱世时大家抢着扔。"

现在常有人替那时扔掉毁掉的东西可惜,说如果那时不扔,现在如何如何,我不这样看。那时又有多少人懂什么文物，我也不懂。记得"文化大革命"后期，去朱家溍先生家，一次和他大女儿聊天，她往后一靠，那椅背也随着往后一仰，我赶快去扶，她说，不要紧，榫松了，粘粘就行。为什么松？因为这是明朝的太师椅。我看着那孤孤单单好像几根线条拼成的椅子，心想早晚摔个仰八跤儿。几十年后，才明白，那叫曲线美，拍卖起来最少也得几百万。

潘家园的存在说明当今社会安定。因为有潘家园市场，就有收藏，有收藏就说明对社会有认同，对未来有信心。这就是张先生说的"治世时大家抢着收，乱世时大家抢着扔"。

◆ 春日景山（陆昕摄）

生日

从小到大到老,从家人到自己,对生日的感觉都很淡。直到孩子长大,他为我想着生日,才意识到每年某天要吃一碗打卤面。现在会很在意自己的生日,虽然还是一碗打卤面,却关注自己何时算老人。("世卫"标准六十五岁以下,少年老人,刚进老人门槛。然后依次为青年老人,未到中年的老人,中年老人等。世卫非常善解人意,不断提高老年门槛。估计到了自己吹灯拔蜡那天,也不是老年老人。因为一百二寿终正寝,一百才垂暮,因此自己一生都将意气风发地走在大路上。)

不过也不能说从不重视,将及一生,重视过一次,那年我十八岁,人在东北。在我年满十八岁的那天黄昏,我一个人坐在离宿舍不远的树林边儿,在一个小本子上写散文诗。像咏叹调,每一段的开头都是"今天,我十八岁了",然后分段用极其空洞虚无又充满真情的语言叙述自己对祖国的热爱,对民族的自豪,对文化的向往,对大自然的崇拜,对人生的希冀,对未来的期待,等等。回头再看,稚气逼人,傻气冲天。所以过了几年,不想再当傻帽了,就把散文诗一把火送到了远方。

不过很留恋当时的那个黄昏。我的生日在春天,是五月,梦幻的季节。远方是无边无际的麦地,春风横扫大地,青绿色的麦子与金黄色的落照交相辉映,辉煌得让人睁不开眼睛。远远的,知青们正在齐声高唱"春风吹绿了大草原,大草原也披上了绿绒毯。人世间最美的是少年,少年是人间的春天"。不远的地方,一群出生不久的白白的小猪在老母猪的带领下,顺着窄窄的小道向猪圈快速奔跑,像一列小火车。

后来在我大约二十一岁那年,在铺上发现一本讲青春卫生的破书。书上说,青春严格说,是十六岁到二十二岁。与自己一联系,方知只剩了一年青春,因此闷闷不乐了好长一段时间。也许我有点迷信,后来返京,又有一本破书说,人要三十五之前没作为,就完了。那年我三十二,也快到尽头了。

还是回过头说生日。二十岁左右过生日,因为嘴里寡得很,

◆ 作者全家合影。

肚里没油水,于是拿黑龙江省地方粮票和全国通用粮票在商店里换了两瓶罐头(当时地方商店准许用粮票折钱)。一瓶海杂鱼,一瓶红烧猪肉。那时是冬天,也没处热去,开了盖,全是凝成一团一团白花花的大油。拿馒头蘸着吃了,很香,一点儿没剩,也没闹肚子,反倒舒服了不少。

返京后,某年又到生日,我想重新体验一下红烧猪肉罐头。买了一罐藏好(家人看见,肯定不让吃)。晚饭过后,

◆ 作者父母。

开吃之前,从厨房(在西厢房外间)探头看看北房、南房都没人出来,赶紧烧锅,往里一倒。只听"刺啦"一响,一看,大半锅油。扒拉半天,就一块肉。只好偷偷从厨房出来,把这半锅油倒在槐树不远处。心想,当年那两罐油怎么吃进去的。

如今快来到轮回的头儿。想起小学我们入队前要先入儿童团。儿童团的领巾与少先队不同,上面有星星火炬。有团歌,歌词是:准备好了吗?时刻准备着。

办病退

1974年，知青们掀起了返京潮。办法有三：一、困退。比如家里原有俩子女，一个知青，一个在京。在京那个找个理由照顾不了自己或家人，外边那个申请回京照顾家人。二、转插。即转到北京郊区或河北插队，为离家近。三、病退。得了不能干活儿的重病。大家各显神通。有往尿里扔蛋黄混肾炎的，有空肚子喝白酒再洗热水澡混血压高的，还有说自己腰肌劳损，背后别两把刀吓唬医生的。正当我们家一筹莫展时，我有个好友刚从东北办回来，他是先天性心脏房间隔缺损。他用我的名字在人民医院拍了两张片子，开了证明，忘了谁给我一瓶麻黄素，说可以刺激心脏，让它跳得快，必要时用。又带了一些冲锋枪、手榴弹（烟酒），回到了东北。

按照程序，连、营两级顺利通过，只剩团部医院。我认识师保卫股股长李德生，他让我找团医院医务处的人。虽然他的朋友很热情，但医生也怕事，直截了当地拒绝了。怎么办？我就要求转上级师部医院。

师部医院在北安县。临行前，李德生写信托他在师部医院的熟人代为照料。坐上火车，下午到了北安。北安没公交，走了八里地到了师部医院。接待我的人叫苏江，哈尔滨知青，特热情。我赶着去了门诊，快到我时，号脉，七十多，赶紧出去，上下楼梯跑几趟，再号，刚过八十。正失望，想起了药，吃了两片，再号，没反应。又跑楼，号脉，再吃药，来回折腾。马上到我了，一号，刚过一百，踏实了，大概吃了有六片麻黄素。

大夫让我做了心电图，又皱着眉头看了半天我的片子，说，你就是心跳有点快，其他都正常。这样，你坐外边歇会儿再看看心跳。我心想，再见吧！我坐外边还得吃麻黄素。

见了苏江，告诉他没办成，他安排我食宿。第二天清晨，感到天亮了，奇怪的是，眼睛睁不开，手和脚一动不能动，想说话，嘴也张不开。我住的是个大房间，很多人在我身边说笑、走动，我很想让他们救我，可就是不能睁眼不能说话，但大脑异常清醒，想，这么死了，真亏。濒死感特别强烈。不知这么躺了多久，忽然感到有人碰我，我一下子坐起来，不知哪儿来的力气，眼睛也睁开了，一看是苏江。他说，早饭我早打来了，看你一直睡，没叫你。你脸色怎么这么白？他又说，医院里有自己研制的天王救心丸，拿了两丸给我吃。吃完，我虽然头晕眼花，还是坚持马上走，因为我事没办成。

那时正是夏天。在炎炎烈日下一边想着自己会不会玩儿完，一边又走了八里地，坐上火车，回到赵光。

想起来，自己那时居然连吃了药后要过一段时间药才会发生作用都不懂。麻黄素现在也成了兴奋剂，我尝试得真早。

师部医院的上级医院是兵团医院，在哈尔滨。由此，我又开始了一段新的征程。

在去哈尔滨兵团总院前，李德生写了封介绍信，给一个上海女知青，让我带上，托她照料。我一天中午到了哈尔滨，一打听，这位女知青脱产到北京的党校学习，三个月后才能回来。

记得当时真有些蒙，坐在一堆圆木堆上想接下来怎么办。手里还有最后的关系，是家人找的，半生不熟，位置较高。男的时任黑龙江省交通方面的领导，女的原任哈市卫生局局长，时任哈市人事局局长。男的不熟，女方较熟，但也是相对来说。所以家人嘱咐，不到万不得已，不要找。现在万不得已了，只好去了。

我现在还记得她家的地址，道里区大安街10号，离滨江大道不远，离太阳岛挺近。上楼，楼栏杆是雕花的，又黑又暗，有点沧桑。局长姓赵，五十多岁，特热情。丈夫姓叶，忙，极少在家。三个子女，大女、二女，最小的是男孩。大女年近三十，有七八个月的身孕，常回家。其他人很少在，家里总空荡荡的。

我把事情说后（没敢说我心脏病不是真的），赵局长开始很有信心，说诊断好办。又说我给你找好大夫先看看病。我虽然拦，她也不听，当天下午就找了两个大夫来家里。我只好先跟她说，我这病有个特点，听诊听不出来，必须看片子才能看出来。

两位医生来后，把我仔仔细细检查一番，犹犹豫豫地说，看起来身体不错，心脏还好。赵局长马上说，他这病有特点，听不出来，一看片子就出来了。两位医生互相看了看，说，要不明天到我们医院来，用仪器好好查查。他们走后，我说，我不去医院，我只是想要诊断证明，而且是兵团医院，好办病退。局长说，你别着急，先在我这儿安心住着，我想想办法。

接下来几天，尽管心急如焚，也只能坐等。这期间，看了两本白皮书（当时供一定级别干部看的内部书，封面白色），都是苏联的。一本叫《你到底要什么》，一本叫《多雪的冬天》。

里面有个高干子弟说,别人都觉得我爸不平凡。其实不是他不平凡,而是他的地位不平凡。有道理,记了很多年。还去太阳岛逛了逛,看了防洪纪念塔,又看见一群女孩因买菜围殴一女孩,拳脚齐上,觉得东北女孩好凶。

几天后,局长问我,必须是兵团医院吗?我说,是。局长说,哪个医院我都好办,就是兵团不好办。它和我们是两个系统,不归我们管。

眼见事情无望,我想该走了。一天上午正在收拾东西,事情却有了变化。

那天我正收拾东西,大姐叶连英回来了。说,你要走?办好了?我说没有。把前前后后的经过讲了一遍。她也没说什么,坐在沙发上翻自己的电话本。一会儿,起身去打电话。中午,她母亲刚一进家,她就拉着母亲进了卧室,说起什么事。门半敞,声音可以飘出来。

她们好像有些争论,母亲反复地问,你行吗?而且反复问她的肚子。她好像一直在坚持。后来,娘俩出来到了客厅,局长说,大姐现在在市政府工作,多年前在兵团医院当过护士,但是时间很短,不过她说还认识那里的大夫,想给你试试。大姐说,我刚才给他打电话了,他挺热情。他下午在家等我。但是大姐的肚子很大了,没法儿坐公交车,怎么去?娘俩儿又商量半天，决定要叶局长派辆车。

派来的是辆吉普。叶局长特意在电话里嘱咐，别在家门口上车（怕人说搞特殊化）。于是我和大姐走了半站多路，在一个路口上了车。大姐人很好。因为怀孕，她在娘家的时候多一些，和我说话也多点儿。有一次我们还为什么争论起来，她生没生气我不知道，我是不高兴了。医生家很远，一路上她笑盈盈地和我聊天，问东问西，不断安慰我那颗七上八下犹如吃了麻黄素的心。到了一个有很深门道的大门，她下车走了进去。看她一扭一扭的费力样子，真觉得对不起她。

我躲在一棵挺大的树后，等她出来。心情好像后来参加高考。半个多小时后，有一男一女两个中年人送她出来。我远远望见她脸上的喜色，心里就想欢呼。

果然，上了车，她第一句话就是"他写了"。然后拿病退报告给我看。前面写的是什么全忘了，只记得后边四个字"同意病退"。

大姐又让司机赶快往医院开，赶到下班前，把章盖了。回到家，她母亲也在焦急地等消息。大姐说完，她母亲也松了口气，大姐马上又说："人家也有要求，他想去北京进修，希望需要的时候您给帮忙。"

我说，我马上回赵光，回连队。她们看我要办的事还很多，也没挽留，只是马上找了些吃的，填饱了我的肚子。我是飞奔（形容心情）到哈尔滨火车站，飞快（形容心情）地买了最近一班的火车票，离开车只剩二十多分钟，飞快（形容行动）蹿上站台。这时火车已缓缓发动，我抓住车门踩上阶梯，被站在门口的女服务员一把揪进车里。在她震耳欲聋的斥骂声里，望着迅速向后倒退的月亮、星星、灯光、树木，觉得周围像童话一样迷人。

转年1月，我拿到调令回北京时，特意去哈尔滨看望她们。可惜，大姐正在哺育期，不大方便。我们后来一直通信，但也只有三五年。以后怎么样，不知道了。

北京五题

北京的大

外地人感觉,北京真大,太大了,大得没边了。这是为什么,好像往深里想的人不多。其实,这是因为北京城里有两个政府,一个北京政府,一个中央政府。除了北京,外地都是一套班子够了,北京两套班子,中央的班子不得了,手指头脚指头加一块儿数还差着好几十的中央各部委,再加上部委里套着的各小部门,小部门里套着的各办公室,而且个个底气十足。多年前,宣武和西城没合并时,见过一个街道办事处的信封,上面印着"中国共产党北京市政府宣武区委某某街道办事处"。再加上军警百姓,以及为这座城市提供衣食住行的人,来办事的人,来游览的人,以及各种肤色全世界受苦不受苦的外

◆ 白塔寺（陆昕摄）

国友人，小了，行吗？古代京兆尹就不好当，今天也不容易。但大，对北京人来说，舒服。有学生说，我家乡的城市，太小了，城里就两条街，跟你们一条胡同差不多，东家有事西家传，没隐私，有也私不了，像关进一个笼子里。北京的大，使我们像鸟，可以飞。

北京的深

这是大的必然结果。可以说，北京的深，是深不见底，这是指它的文化和传统。北京是千年古都，您每年淘出一点文化，往上淘五百年才淘到明中期，淘到元初，还得三百年。您能活几十年？也就是唱唱"我真想再活五百年"。再有，请记住，北京，藏龙卧虎，不露相的真人太多。而且，咬人的狗不叫。别夸官，别炫富，别提家世，别提名头，别动不动就唱"想当初"，因为你不知你对面坐着的是谁。不要轻易以为自己屁股上长了尾巴，长得还挺长，时不时翘一翘、摇一摇。你成，不摇不翘，大家也看得见。不成，白摇、白翘。北京的深，对不想浮在上面的我们，是令人愉悦的。让我们沉入深水，像鱼，游得开，潜得深。

北京的气场

一句话可以概括，辽阔深远。形象地说是"天高任鸟飞，海阔凭鱼跃"。不是说，美国是个"使梦想成真"的地方吗？北京的气场更胜于它。北京汇集了天下精英，各行各业的精武门、大擂台。虽也有背后、内幕、台下、暗箱，但比较来看，相对来说，它公平、公正、公开。因为，北京的气场，并不能由一个人、一个政府创造出来，它是千年文化所聚，地域文明汇集。不是没有人在自己如日中天的时候想要改造北京文化，但最终以悲惨的失败告终。

北京的积淀

北京积淀了什么？我以为它有三次积淀。第一次当然是近千年的文化积淀。这里要注意的是，这文化不专指学问，而是雅俗互动的文化，是贵族与市井互动的文化，是饭庄子和二荤铺互动的文化，是燕窝、鱼翅和豆汁、焦圈互动的文化。第二次是"五四"之后科学与民主的文化。第三次是改革开放后科技与民主的文化。特别要说的是，北京的文化积累是全国各地各族人民的积累。就拿涮羊肉、烤牛肉来说，这是蒙古人的吃法，元朝时期带来的。胡适、郁达夫、周作人等许多大学者，南方人而且留学美日，都爱北平，在文化上贡献卓著。北京的文化因此是其他地方无法相比的。上海是金融中心，有遥遥相对之势。但我觉得，金融说到底，还是个技术。有文化立国说，未闻金融立国。当然，金融也是立国的根基之一，只不过文化更重一些。

北京的包容

毋庸讳言，北京人的包容性全国第一，世界前几。但论根，最早却不能归功于北京土著，应该给皇上颁奖。皇上定都后，前朝百官，后庭美女，北京人满足不了；能工巧匠，烹夫庖丁，北京人满足不了；贤良方正，歌儿舞女，北京人满足不了。皇帝有嗜好，比如乾隆好书画，须向天下征集。各种奇珍异宝，也须穷天下人之力。北京人再不忿，再不平，你能和皇上叫板？

◆ 城市远眺（陆昕摄）

再说你也没有叫板的理由。反过来，北京人还沾了帝都不少的光，有位好吃的老爷子曾对年轻人说，知足吧！北京可是块宝地，五味神（美食神）在这儿转着伺候咱们！想吃哪口儿没有！确实，北京没有自己的风味，最早的就是山东菜。皇上除了搬不动自然风光，能搬的全搬了过来，自然相应的人也就举家搬了过来。一代代，一年年，北京人的包容性就此养成。

最后，我想说，我最讨厌人说，北京是全国人民的北京。我喜欢听，北京是全国不可替代的文化古城。

◆ 晚霞中的中央电视塔(陆昕摄)

夜风

夜长难寐,人老多情,随着岁月流逝,将成为常态。

昨夜,入睡即醒,却做了一个梦。梦见最爱自己和自己最爱的已逝亲人,梦见回到自己住过的老宅,尽管这些早已化为烟云。

起来到窗前,从十七层高楼远眺,一片苍茫辽阔。城市在睡觉,我能听到它的鼾声和呼吸。静默中想到,过去老为这座城市的旧貌消失而心疼、心焦,其实不必。你在地上怎么折腾,把它折腾成深圳、上海、巴黎、纽约,地下它仍是北京的疆域,人们仍将一代一代讲述北京的故事、传说。正如自己,即便骨化烟、身为泥,缭绕的还是家乡的天空,肥沃的还是家乡的土地。只因为它是自己的根,也是自己祖辈、

◆ 夜色中的钟鼓楼（陆昕摄）

父辈、下一代、下几代的根。因为是根，就有许多故事，许多温情，许多不舍。

　　阵阵夜风从窗外吹来，轻柔得像是一种抚摸。我非常喜欢北京的风。风从天涯海角、四面八方刮来，但不知为什么，一到北京，就让我有了家乡的亲切。因为北京的风吹动了北京的姹紫嫣红，吹来柳丝千万，吹出一片金黄，吹乱湖光山色。在风的絮语中，到处能找到过去生活的影子，哪怕是一棵树后的一抹晚霞，一座房后的一片星光。

　　风，总像在耳边讲着故事。许多故事，不能忘怀，也忘怀不了。风中，总有许多呼唤、嘱托，深沉而遥远，仿佛清晰，却又朦胧。家乡的风，对家乡的人，总有不能割舍的爱。

　　很喜欢一句话，风从故乡来。故乡的风，柔情万种。

划船

如今很少有用桨划的船了,但只有划船,才能体验到"让我们荡起双桨"的快乐。我学会划船大约在小学四五年级,大人教了没两次,就会了。记得在码头上了船,坐在船中间的位置,拿船桨顶一下岸,船便漂开,然后把两只桨套进两边的铁环,便开始划起来。

划船容易歪,这不难纠正。虽然你面向船尾,背向船头,但船走得正不正自己会有感觉。而且,两边的风景也随时帮你校正方向。所谓歪,就是左右手的力量不均匀。调整很容易,向左歪,左手加把劲,船就向右偏过来,反之一样。错船时收桨,或者推一下对方的船。比较难的是过桥洞,里面船少时好说,船多时挤成一团。除了看你技术外,还看人的素质,能不能礼让。

我的孩子大约小学六年级时，我找了个他没课的下午，教他划船，他还行，一个下午就学会了，除了过桥洞还差点儿。

坐在船里欣赏景色和走在岸上是不一样的。首先，两岸景色随船游动，绿水青山，红墙碧瓦，只有坐在船里，才真正有"人在画图中"的感觉。其次，水面既清爽又清澈，只要旁边没人大叫大嚷，就让人感到深沉的静谧。最后，有种远离尘嚣的感觉。这时，你才会体验到"小船儿轻轻漂荡在水中，迎面吹来了凉爽的风"。

尤其难忘的是，小学时一次跟大人到陶然亭划船。那是个秋天的晚上，不知为何可以划到那么晚。天空辽阔深蓝，水中一轮银色的大月亮。它一会儿被船桨打碎成几块或星星点点，一会儿又复合成圆圆的一轮，依然银光灿烂。我看着它出神，想起了李白捞月的故事。

不知何年开始，游船也人性化了，开始是大鸭子形，用脚蹬。后来是电动小船，以后还有各种省力的方法，人工划船彻底消失了。夏日某天来到北海，望着满湖各式游船，没来由想到"文化大革命"时，家里大人通通被赶到全国各地的"五七"干校，我每日或自己或和同学闲逛，那时没少到北海划船。一天独自来划，和一船相错。对船的姑娘收桨、轻推，抬头一笑，与我年纪相仿，十五六岁，长得真是太漂亮了，是过

◆ 北海海面（陆昕摄）

目不忘的那种美。

  如今，又是夏天，看着满街背着书包上补习班的孩子和在老板跑路的公司门口打出标语讨要血汗钱的家长，感到生活在当下的他们，也失去了很多。

船歌

外地的朋友说,他们来到北京,除了长城、故宫,北海是一定要去的。要看一看白塔,划一次船。因为那首"让我们荡起双桨,小船儿推开波浪"的歌儿给他们的印象太美好了,成了他们的一个愿望。

作为北京人,听外地朋友这样说,自豪感油然而生。不过回忆童年,有一支也很美的歌曲,似乎从人们的记忆里消失了。它也是唱划船,也是少年所唱,歌词是:

唱起来呀,唱起来呀,伙伴们,让我们度过快乐的时光。我们的舢板迎着晚风破海浪,亲爱的朋友们要去远航。

你看这天空多么宽广,你看这海鸥自由飞翔,你看那划船的小伙子多么健壮,他就像真正的水手一样。

啦啦啦……他就像真正的水手一样。

快快划呀,快快划呀,伙伴们,我们把舢板划向那远方。让我们问候富饶的大海,年轻的歌声响遍海洋。

…………

歌的曲调柔婉又深沉,想象空间特别辽阔,大海、天空、远方。最打动人的,是幻想中有一群志同道合的小伙伴,携手并肩迎风破浪。

过了几年,"文化大革命"将要爆发之前,商店里卖一些小照片,上面是当时一些流行电影歌曲的唱词,记得有《护士日记》里的那首"小燕子,穿花衣,年年春天来这里"。还卖半手掌大小的演员相片,记得我买了赵丹、王晓棠、王丹凤等人的,也许我也曾有过演员梦。在这些小照片里,我最喜欢一首歌,但这部电影从未看过,也忘了电影名字,我是那么喜欢这支歌,就因为它的歌词,而且,我把它定位在北海,歌词是:

小船儿轻轻地漂荡,落日的余晖,映照着波光。是什么,是什么,扣打着姑娘的心房。啊,是幸福的未来,是美好的理想,是亲爱的祖国,让我来歌唱。

　　小船儿轻轻地漂荡,落日的余晖,映照着波光。是什么,是什么,扣打着姑娘的心房?啊,是青春的力量,是爱情的向往,我静静地等待着,(那)幸福的时光。

　　我有点音乐天赋,很小,但只要有简谱,就会唱。在那情窦初开的年纪,它给我以青春幻想爱情希望。"文化大革命"没把它粉碎,它倒把"文化大革命"粉碎了,也许,这就叫人间正道是沧桑。只不过,它来得有点晚,有点迟,让我,让天下人,静静地等待了漫长的时光。

昨天

俩礼拜前,去了趟潘家园,看着来淘宝的熙熙攘攘的人群,感慨不已。

现在讲做文物生意赚钱,倒退回20世纪80年代初,没人干这行,因为没人懂,也没市场。但不懂和没市场,却又有人买,为什么?两字:喜欢。就是不管什么原因,你好这口儿。

所以最早搞收藏的人,除去老人,都是瞎买,看着喜欢,能掏出钱,就买了。至于什么真假好坏,一概不懂。因为,在20世纪80年代初期,政府第一要理顺政治,百姓第一要填饱肚子,没人顾得上这些看上去灰头土脸又肮脏残破的东西。因此,在文物知识上,一没书本,二没人教,三没学习班,开句玩笑,最初搞收藏的,都是老相声中的"满不懂"满大少爷。

说人们不重视文物,举个例子。我有个小学同学,他父亲曾是中央委员,做过部长、省委书记,家里有地毯、沙发、金鱼缸(公家按级别配的)。他还爱读书,算有见识的人。我们聊得来,我家有个红木圆桌配四个圆凳。一天,他对我说,跟老爷子说,把它们卖了,买套沙发坐着多软!

他所说的沙发,是当时有农民在村里做好的简易沙发,简陋可以想象,关键是沙发座下安了几个弹簧,然后让已习惯坐硬木头的臀部突然感到新奇的柔软。这些农民在自行车后边横一根长木条,一头挂一个小沙发,走街串巷地吆喝。我们家有沙发,尽管旧了,所以我没听他的。

农民在许多事上是先行者。记得老西单商场斜对面有个不大的门,老有农民骑自行车,车后一边挂一铁筐,里面用麻袋及其他东西裹着包着瓶瓶罐罐,往里边送。那时,我老去西单菜市场买菜,老能碰上。他们往往都有些失望,因为国家收购,给不了多少钱。偶尔有人问,说上几句,三吊五吊的,也就成交了。

所以,那时没有收藏家会去打文物挣钱的主意。人们太穷了,穷急了,穷怕了,穷得能把钞票攥出水来而不舍得花。

而且对国家推出让百姓买的任何东西都有本能的戒心和抵御，以至不得不由各单位分配任务完成。比如现在一张能值十几万，一个四方联值几十万，一版能值百万的小小"猴票"，当时国家邮政局要各单位大力推销。一单位领导推销不力，最后还剩十多版，只好苦着脸，由自己包圆了，以完成任务。如果他一直没用，留到现在，价值就不用说了。国家最初发行原始股票，老百姓争先恐后到北京市政府门口静坐（因有段时间市场跌了），给出的理由是：社会主义国家怎能让老百姓赔钱！

记得 20 世纪 80 年代中，中国书店海王村店卖印章、砚台很便宜。小石头两三块，大石头五六块到十几块，砚台十几块。我对此一窍不通，但当时有俩闲钱儿，买了块砚台和七八块石头。回家祖父让我拿砚台给他看看，他一看，用手一摸，说，是端砚，还不错。我一高兴，又去买了一块。头一块盒盖裂了缝，这回我挑了个盒盖好的。祖父看了说，这也是端砚，不过没那块好。我的积极性受了打击，就没再去买。现在回想，当时心态有点像小时买芝麻糖。那印石，爱人出国时送了两块大的给祖父一位搞文物的老学生，他看了说，都是好石头，这是好青田，这是寿山。寿山大，可以一破四。爱人一高兴，把那些小的也一股脑儿都送给了他。几年后,他到北京,聊天时还很奇怪,说,我看商店柜台里摆着的几百上千的石头,怎么还不如你们送我的!

改变这一切的,是一场风暴,拍卖风暴席卷一切!自从有了它,家家户户翻箱子底,期望翻出元青花罐、明鸡缸杯或一本《永乐大典》。从此破烂不是破烂,要经过几次认定,再确定为破烂,即便如此,也尽可能要卖出个破烂价。这样就对老东西形成了最强有力的保护,当然也为警察带来了繁重的工作。

请扫描二维码，
聆听本文背后的
故事

拍婆子

想起电影《阳光灿烂的日子》《血色浪漫》《血色黄昏》里那个时代的年轻人，正值年富力强却又无事可做，用一句流行话概括，就是"无可安放的青春"。

不过青春必有安放的地方，其中之一就是"拍婆子"。"拍婆子"其实就是交女朋友，但又有当时特有的内涵。

比如，所谓"婆子"，是有出身限制的，也就是干部和知识分子子女。最上档次的，就是"走资本主义道路的当权派"和"反动学术权威"的子女，他们虽然已被打倒，毕竟还曾是当权派和权威。那时干部分二十四级，十三级以上算高干。教授分五级，下面副教授等，各家子女自觉入队。这样，"婆子"自然就集中于各大部委、机关、各大学、各科研机构。

当然也就排除了平民子女。

也许出于年轻人的新鲜感,男孩子并不满足于身边熟悉的女孩子,尽管出身一清二楚。正如西谚:"牛总觉得栅栏外的青草比嘴里的好吃。"于是,不甘寂寞的男孩子就开始上街"拍婆子"。

时间好像是20世纪70年代中期前后。但是脱离了"根据地",麻烦就来了,怎么判定你看中的女孩子的出身?朋友告诉我,有办法,到北京医院和西单菜市场去,出身八九不离十。为什么?因为当时干部和知识分子大量被赶到"五七"干校,但是他们的医疗关系未变,还在大医院里。而一般百姓的医疗,到不了中央级医院。来这里的女孩子,大多是给她们的父母取药拿药,也就说明了她们的家庭出身。菜市场也同理。干部知识分子虽被打倒,除了"文化大革命"开始那一年前后,工资又很快照发了。西单菜市场菜品非常全,东边还有每次都让我食指大动的熟肉柜台。但是一个字——贵,非常贵。大家平常都在胡同的菜站买菜,很少来。所以在这里买菜穿着相对讲究的女孩子,自然也没有问题。那时,王府井有个春明副食店,卖熟肉和西点。西单西北把角也有个西点店,都很有名。

我好静,不爱动,但喜欢交朋友,三教九流,来者不拒。

朋友们来时，也常讲些"拍婆子"的事。我有点儿懒，虽然他们总动员我，我总嫌累，嫌费口舌，没有实践。但我很佩服他们，因为那时可真是"男女授受不亲"。你在大街上和女孩子说话，工人纠察队可能就在后边瞄着你。大街上公园里一男一女两个年轻人在一起，十有八九是流氓，不干好事，是那时的逻辑。

改革开放以后，一切慢慢正常了，但有件事我仍难忘。

那是一次有个朋友跟我说："'婆子'有新词了，不说'婆子'了。""那说什么？""小蜜。""真酸，够恶心。"我说，"干吗不叫老甜？"

没想到，没几年，"小蜜"一词如燎原烈火，燎遍中国大地。想想自己，真是没前后眼，既然不能预见未来，也就只能回忆过去。

吃"老莫"

请扫描二维码，
聆听本文背后的
故事

如今的西点店，售货员兜售蛋糕时，往往会喊"老莫蛋糕"。"老莫蛋糕"当然就是著名的莫斯科餐厅制作的蛋糕。但它为什么不叫"莫斯科蛋糕"而叫"老莫蛋糕"，售货员是不知道的。"老莫"之所以叫"老莫"，不是过来人恐怕不是很清楚。"老莫"有它自己的历史，并从一个侧面见证了中国的时尚之旅和改革开放。

莫斯科餐厅是建于1954年的特级西餐厅，附属于位于其前边的苏联展览馆。中苏关系闹僵后，苏联展览馆改名北京展览馆。莫斯科餐厅好像也一度改名"北京餐厅"。莫斯科餐厅以建筑华丽高贵、气势恢宏阔大著称，各项设施完备讲究。据老一代人说，最早这里的服务员都是俄罗斯姑娘，卫生间里还放置口红、香水。

因此,能进莫斯科餐厅吃饭,是一种身份地位、文化修养的综合象征。将莫斯科餐厅叫"老莫",始于20世纪50年代的年轻人。"老"在北京话里表示亲切、无距离,而"老莫"则表示炫耀,暗示进过或将要进"老莫",强调不是土包子,而是懂时尚赶潮流的"洋派"。

北京也有几家西餐厅,如东单的起士林,崇文门的新侨饭店,以及"文化大革命"后利用当年的地下防空洞在西单办的西餐馆,后来挪到西四成为如今颇有名气的"大地餐厅"。

这些餐厅中,最受重视,或曰最受追捧、粉丝最多的,当属"老莫"。这是因为,除"老莫"外,其他几家是真正在"吃"西餐。除了装佐料的瓶瓶罐罐和刀叉盘碟,店堂没有多少"洋味儿"。若把刀叉一撤台布一掀,换上米饭炒菜、包子馄饨,和四周的布置也很协调,显不出"品位"和"档次"。烤鸭也不是一般人吃得起的,但年轻人很少以吃全聚德烤鸭标榜自己的品位,因为它不属"洋派",还是要奔"老莫"。因而直到今天,有"老莫蛋糕"的称呼,却没有"老全烤鸭"的叫法。

进了"老莫",犹如进了一座俄罗斯宫殿,首先感觉就是高大深阔、金碧辉煌。十七米高的穹顶擎天拔地,布满浮雕。青铜颜色的巨柱和长长的一排穹形大窗，总令我想起哥特式城堡。前面的乐池舞台和四周的绘画浮雕，令人浮想联翩。在那静谧的大柱和精美的雕饰间，仿佛流淌着带有俄罗斯民族特性的深广而忧伤的歌曲，展现出广袤的原野和白桦林。我们这一代人，是在俄罗斯文化的熏陶下长大的，对俄罗斯的文学、电影、音乐、歌舞、绘画、民俗、风景有很深的情愫。那时又没有什么电影，电影院把《列宁在十月》《列宁在1918》来回放，我有个爱看电影的朋友，把这两部电影每部都看了十五六遍。电影中瓦西里那句名言"面包会有的"，在广大青年中传诵一时。所以我有时坐在餐厅里，就好像坐进了冬宫，望着眼前的空间，仿佛看见列宁在那儿发表演说鼓动革命。

来这里吃饭的人，大都具有一定的地位和文化水平，他们大致有这样几类：老专家、老学者或有海外经历的人；从事外语教学、研究或其他相关学科的人；各级政府和事业单位负责外事方面的人；华侨、侨眷；文化娱乐圈的人；再就是追赶时尚的年轻人。

年轻人追逐"老莫"，自有其时代背景。对于改革开放前年年运动不断的中国人来说，吃屉包子、来碗馄饨就很好了，遑论西餐！在充满异国风情和宏大气象的"老莫"里品"大餐"，更是可望不可即的"天鹅肉"。由此很自然地形成一个社会圈子，对圈子里的人来说，这是时髦、优雅、尊贵的象征，是出身、地位和教养的名片。

在我记忆中，20世纪70年代末，"老莫"的西餐并不"贵"，两个人吃，五块钱足够。最贵的菜，烤鸭配苹果，一块五，一般的菜都是几毛钱。来吃饭的年轻人，都挖空心思地把自己往"绅士淑女"方面打扮。其实那时没有人知道"绅士淑女"该是什么样，大家都是一边看外国小说一边发挥自己的想象。只不过"绅士淑女"有时也会"顺手牵羊"。这是说有些人会在用完餐后将餐具拿走一两把做纪念，回家继续把玩，其中最受欢迎的是烤肉串的小签子。这些餐具银光闪闪，精致可爱，在当时很少见。有人说，餐厅最早用的都是银器，后来改不锈钢了。其实那时的年轻人大多分不清银器和不锈钢，拿走不过是把它们当名片而已。

改革开放后，中国的变化翻天覆地。饭店食肆星罗棋布，美味佳肴应有尽有，"老莫"早已不能独领风骚，当年引领时尚的风光似也成了明日黄花。现今去吃饭的人中，中老年人相当多。他们衣着整洁，行动从容，举止优雅，可以想见他们年轻时的样子。我曾想，他们来此的目的恐有一半不是为了吃西餐，而是为了回忆已逝的年华和过去的辉煌。

◆ 建设中的北京展览馆(宗其香绘)

"老莫"和动物园咫尺之遥。所以许多青年男女选择在"老莫"吃饭,在动物园谈情,开始他们那成功或不成功的恋爱。我的大学同桌,前几年从国外回来。因为当年她走时我给她饯行是在"老莫",所以现在接风也就还在这儿。我们从毕业后的经历聊起,聊到同学们的近况,最后聊到她的事业、家庭和婚姻时,她无限感慨地说:"你知道,一个女人最有魅力的时候,是三十岁以后。上学那会儿,外系有个男生特别喜欢我,我也喜欢他,可最终我们没能走到一块儿。"说到这儿,她瞧了瞧窗外薄暮中、晚风里的动物园,接着说:"那天我们也是在这儿吃西餐,那也是我第一次在这种地方和喜欢的人吃饭,感觉如梦似幻。吃完他带我去了动物园,他对我说了、做了恋爱中该有的,可我没什么反应。不是我不想反应,是我不知道该怎么反应。当时我就觉得害怕,就觉得心里发慌。分手时,他跟我说,你还是个青苹果。几年后,你会成熟,可那就太晚了。过了三十,我明白他那话的意思了,可也真就晚了。"

青苹果清澈透明,呈淡淡的青绿色,象征美好的青春。然而青春是酸涩的,好看未必好吃;熟苹果深沉醇厚,呈浓浓的深红色,仿佛成熟的岁月。虽然不再鲜亮,却十分甘甜。对男人来说,前者给人梦想,后者得到享受。

从某种意义上说,我觉得"老莫"很像我们这些青春已逝的人。但与我们最大的区别是,"老莫"不老,无论过去、现在还是将来,它奉献给人们的永远是可口的西餐和美味的糕点。只是在它的背后,已经和正在消逝着连绵无尽的青苹果、熟苹果和长眠不醒的苹果。

买苹果

还是在"文化大革命"末期,有天我在虎坊桥的一家商店买水果。前边是一对母女,母亲是知识分子模样,女儿显得有些文弱。她们买了苹果,母亲在挑别的水果时,女儿用手把苹果排了个队,指着一个鹤立鸡群的大苹果对她母亲说:"这是苹果妈妈。"又指着那些明显小了一圈儿的苹果说:"这是苹果儿女。"那时正是"革命加拳头"的时代,如此浪漫,难以想象。母亲没说话,皱着眉头,用眼直瞪她。两个女售货员露出笑容。后来母亲大概说了句什么,让沉浸在梦想里的女儿一脸委屈。还好她没争辩,娘儿俩很快出去了。两位售货员相视一笑,这个说:"真酸。"那个说:"掉醋缸了。"

几十年过去,河东河西。假如当年那个女孩子是因性情的流露不合时宜而"真酸",那么,如今的"假酸"早已风行荧屏。装傻充愣撒娇作痴扭捏作态,大家见怪不怪争作粉丝。别说苹果儿女苹果妈妈,就是苹果爷爷苹果姥姥也一齐出来狂刷存在感。昨非今是,今是昨非,谁又说得清,只是为那早生的女孩子可惜。诗以记之:

假酸行天下,
真人胡适之。
伪币驱良币,
东施打西施。

民国时,黄侃主文言,胡适主白话。黄侃讽刺胡适,说:"胡适主张白话是假的。如果发自真心,他就不该叫胡适,该叫往哪里去。"此处用"胡适之"取"往哪里去"之义。

书上的雪泥

请扫描二维码，聆听本文背后的故事

多年前，在旧书店遇到某熟识的老作家。见他所淘书中有一册旧杂志，并非创刊号，翻翻，也没名人大作。问其故，老作家略为尴尬地笑着，说，当年他上大学时，私下爱慕一位女同学。有一天，他见这位女生拿了一本这期杂志送给她接触较多的一位男生。几十年了，今天在旧书店里又看见这期旧杂志，买了，做个纪念吧。当时我就觉得在他挑的那堆所谓版本书里，这本最珍贵。那些书，藏进了他的书；这本书，藏进了他的心。而他讲这事时，那尴尬又怀念的笑，我也就此难忘。

张中行先生也讲过类似的事，也是在大学，也是送书，也是男女，只是不是他自己的事。

好想自己也曾有一段这样的回忆，可惜没有，又不能编造。不过买旧书不少时候能买到幸福，这是肯定的。前些年，一次逛潘家园，书摊上见到一本20世纪60年代少儿出的《猪八戒吃西瓜》，赶忙捡起来，生怕被人抢去。问价，一毛。买回家，高兴好几天。

少时，直到今天，都爱看《西游记》，最爱猪八戒。对孙猴子，感情一般。因为它太强大，一定会当统治者，一定要搞个人崇拜，一定要万寿无疆，起码来个永远健康。好为人师的大唐高僧，犹如一刻不停熬心灵鸡汤的于大奶奶，喋喋不休地不仅训导你该如何生活，还要教导你儿子、孙子，提了搭了孙儿过怎样的人生，同时还教会你一些小伎俩，比如你讲课讲错了，人家当面指出来，你要马上"谦虚"地说："谢谢！我回去查查。"（潜台词：你说的未必对。我说的未必错。我回去得查。然后呢？就没有然后了。）至于沙僧和白龙马，总让我想起一不怕苦二不怕死任劳任怨无私奉献。也许神仙世界里有，但现实世界里为人民服务是有代价的，也应该有报酬。所以，最爱猪八戒。

也正由此，喜欢猪八戒的一切趣闻逸事。小学同学拿来一本《猪八戒吃西瓜》，自然欢喜非常。但是书主往外借书，除去私交好的，自然要从当官的、功课好的、拳头大面相凶

◆ 黄昏的街巷（陆昕摄）

惹不起的、会来事儿有靠山的排起，剩下无足轻重老实巴交边缘化的，也就边缘了。

所以，再见猪八戒，自然昨日再现。藏书，一段历史、一段人生、一段悲喜。

春风杨柳

20世纪70年代末,改革开放之初,中央乐团灌一轻音乐唱片,名《春风杨柳》。没词儿,就是乐曲。曲调是我最喜欢的靡靡之音,每次都能听醉。

春风杨柳虽说在哪儿都能看到,但我最喜欢的还是北海白塔下的春风杨柳。那里飘荡的不仅是春风杨柳,还有一起飘荡的芳菲记忆。

很多年前,虽只是一个场景,却在记忆里如大树生根。

小学六年级的某个夜晚,我随祖父和他的一群朋友在北海里吃饭。我很快就吃完了,他们聊得兴致刚好,征得同意后,我一个人跑到外边玩。

外边其实也没什么可玩儿的。由于是晚上,基本没有游人。

◆ 春风杨柳（陆昕摄）

湖水在黑暗中闪光，满天星斗也在闪光，密密的大树就像森林，藏着许多童话。我爬上附近的假山，向饭馆望去。

饭馆是楼阁式的，挂着许多红灯笼，很是恍惚迷离。被灯笼光照出的人影朦朦胧胧，伴着四周的景色，我一直坐在假山上看。直到一群人说说笑笑出了饭馆，看见祖父的身影，好像听到他在喊我，我赶快下了假山，飞跑过去。

就这样一个情景，不知为何，老萦绕于心。

从小被老师教育，长大被社会教育，什么事都要有意义。我这记忆有意义吗？好像没有，有也不大。可生活中这样的场景太多，没有为什么，也说不出为什么，虽然一瞬，却是永恒。不管岁月如何流逝，总在心间。

春风杨柳，无尽怀念。

遥远的星

几十年前,还在上小学。一天傍晚,我坐在院里的廊子上,拿着望远镜看星星。家里人好像都出去了,一片沉寂。忽然,院门响了,迎过去一看,是个很年轻的阿姨,二十来岁,找我祖父。回说我爷爷不在,她好像有些失望。想了想,问:"我可以等吗?"我当然说可以。于是她也坐到廊子上,和我一起看星星。

她开始教我一些天文知识。什么叫行星,什么叫恒星,什么叫太阳系,什么叫银河系,我听得很入迷,问她火星上有火吗?水星上有水吗?土星上都是土吗?木星上都是木头吗?她一一作了解答。她声音很轻,很好听,柔声柔气,我心里很希望她能到我们学校当老师。印象最深的是她告诉我离我们最远的是天王星、海王星、冥王星,有好几十亿千米,遥不可及。不过我长大了,科学发展,到那时我很有可能坐着宇宙飞船就去了。最后,正当我们一起用望远镜看北斗时,祖父祖母回来了。

她摸了下我的头,然后和祖父祖母进了屋,但工夫不大就走了。祖父要送到外院,她坚持在里院门口分手。

很久以后,我才知道,她是祖父很器重的一位学生,可惜后来成了右派。那时,她是北京人,本有机会留在北京郊区,但她决定去最遥远的没人认识她的地方重新开始,所以去了新疆一个乡下做中小学老师。这些年一直怀念祖父,中间虽回来过,但怕给老师找麻烦,又怕老师责备,不敢来。这次回来,实在忍不住,来了。晚上来,一会儿就走,都是怕给老师惹事。

很多年过去了,终于改革开放,不少人落实了政策,听说她也在其中,可以返京,安排工作。但不很久,却听说她在新疆出了车祸,去世了。

从那时到现在,又是很多年过去了。有时,无缘无故,我会想起她,她朦朦胧胧的样子。印象中,她像是瓜子脸,大眼睛,梳两个辫子。我现在学习时尚,仰望星空,偶然会觉得有一颗星是她,尽管很遥远,我却看得很清楚。

◆ 作者儿时在中山公园

小时看书和听老人说，星星与人间数量对应，有多少人有多少星。死一个人，落一颗星。一颗流星划过，就是世间少了一个人。又一种说法，人死了，灵魂就上了天，化成一颗星。小时深受感动，长大了，对此两说特反感。现在，更反感了。世上许多王八蛋（以坏人比乌龟，是对乌龟的侮辱。但约定俗成，没办法，在此郑重对乌龟道歉），活着无法无天，百般作孽，怎么论其真身，还是光彩的星星所化？人间不少坏蛋，下油锅尚有余辜，死后还会飞升化星？理论上虽知这里已用排除法，将王八蛋们一概排除，感情上仍难以接受。若我能，当持长剑，廓清天宇，重布星辰，使月辉星光，复其皎好。这样，每一颗星，愈显其光明，哪怕是隐藏在最遥远的天际最深处的那颗星。

忆中永远是初见

20世纪60年代末，水果收获之时，总有一个小女孩到我家给祖母送水果。

事情是这样：祖母不知怎么认识了我们那片儿房管所的电工小李，后来很熟。尽管那时"文化大革命"搞得轰轰烈烈风风火火，但是知识只是表面上臭不可闻，民众，即便是作为领导阶级已登上历史舞台的工人阶级，绝大部分心里仍然相信文化。真正响应号召，要把知识分子打翻在地，再踏上一万只脚，叫他们永世不得翻身的工人阶级，也有不少，但总体上，不多。小李来家里聊天，就说他自己没文化，所以特崇拜有文化的人。

小李家后边有个挺大的园子，不是庭院，就是片荒地，四周破烂不堪的一圈儿围墙。那里边有些果树,好像有杏、桃、苹果等,小李还搭了长长的葡萄架。水果成熟了,他就让女儿骑自行车过来送一些。

他女儿和我一样,也是中学生,略小一两岁。中等个儿,皮肤微黑,五官精致,不苟言笑。我们有时碰上,只互相点下头,我说:"来了?"她说:"嗯。"然后便进屋和祖母说话。我现在想,"文化大革命"大破"四旧",其中一条就是反封建,封建才讲什么"男女授受不亲",既然反封建,即使不提倡性解放,也应有正常交往。可那时小学生就懂男女授受不亲,从这上就知道"文化大革命"不是革文化,是革老冤家。

我对她很有好感。原因是我没见过她这样的。小学我上的是北京第一实验小学,干部子女和知识分子子女扎堆儿的地方。她和她们不大一样。干部女孩多数凶悍,知识分子女孩大部分柔弱。我中学分派去的学校"校场口",平民子弟聚集,校风极差。而她,有些个别。

她小小年纪,表情有些与她这年纪不大相符的庄重与成熟。说话不卑不亢,动作不慌不忙。声音低沉、柔和,仔细听,有些哑。推想她的性格,类似说强不强说弱不弱那类。

有一年春天的一个月明之夜,家人都不在,我和祖母

◆ 银杏大道,暮光之城(陆昕摄)

正坐在院里聊天看门,她来送水果。家里南房前有一棵大杏树,遮蔽了半个院子,我们坐在下面说话。那晚月光非常明亮,把她整个埋了起来,在树影中,一片明一片暗。春天多风,杏花如雪,一瓣瓣飘下来,飘了人满头满身。她一边说话,一边去拂头上和身上的花瓣儿。

后来,她起身一定要给祖母削个水果吃,说刚从树上摘下来。给了祖母后,看看旁边的我,犹豫了一下,又去给我削了一个。我谢了她。

人生,没有似曾相识燕归来。

看胜利日阅兵式

每次看到俄罗斯胜利日阅兵,就会想起《青年近卫军》。"二战"时,乌克兰一群青年男女自发组织抵抗,最后被德寇杀害。这个真实事件被名作家法捷耶夫写成书后,迅速流传,在我国青少年中引起巨大反响。

这本书也影响了我的一生。记得那时我暗暗给班里和我比较好的同学以及我希望能建立亲密关系的同学每人取了个俄国名字,男的叫阿廖沙,女的叫尤丽雅等,幻想未来能与他(她)们在不计生死的英雄伟业中共度一生。甚至在情窦初开的时候,我还将书中的邬丽雅和柳芭作为仰慕的对像。虽然她们性格不同,或沉静内敛,或活泼外向,但都有不屈的性格,面对残酷的死亡毫无惧色。

岁月如梭，人生的暮色已经降临，但少时的波浪仍在心的云水间翻滚。在天气晴好的夜晚，我常来到莫斯科展览馆外。天空深蓝如钻石，或说如一块巨大的宝石在你头上闪耀蓝光，巍如宫殿的建筑向左右扇形排开，通体金黄。广场阔大，一派肃穆庄严。每逢这时，所有卫国战争的小说、音乐、电影、图像，一起在我心中飞舞。我喜欢在暗的背景下熠熠升起的光辉，篝火般照亮四方。

刚刚读完《我的儿子》，作者柯歇伐雅即青年近卫军领导者奥列宁的母亲。她在书中回忆了儿子从生到死的短暂岁月。书的最后两句是：

"每天都有信来，我坐在窗下回信，很多很多，来自四面八方。

"窗外，是春天的晚上，温暖的风把花香一阵又一阵吹进来。窗前，奥列宁种下的苹果树，正在开放。"

展览馆外，也是春天的晚上。

火树银花不夜天

小学五六年级,某个国庆节的晚上,随家人在观礼台上观礼。别的都不记得,只记得一切官方仪式完结后,响起舞曲《紫竹调》,广场上的男男女女拉起了手,形成一个又一个圆圈儿,欢快地跳了起来。回家的路上,乐曲不断变化,现在想来,有《喜洋洋》《步步高》《金蛇狂舞》《彩云追月》等,天空大地之间仿佛都充满、洋溢着欢乐。后来我用这件事写了篇作文,名叫"十一之夜",还记得最后一句是"汇成了欢乐的海洋"。作文成了年级范文,非常得意。转年就是"文化大革命",从那时到现在,再没体验过那种欢乐。这不是个人的欢乐,而是那种融入"火树银花不夜天,弟兄姊妹舞翩跹"的盛大的欢乐,是进入一个真正的群体,寻求到自由

冬天的紫竹院公园（陆昕摄）

和归属的欢乐。

　　几十年再没这种感觉，某天逛北海倒忽有所动。那是在琼岛白塔下，一阵乐曲嘹亮，许多人在围观。过去一看，是一群新疆人在跳舞。男女老少，穿着色彩鲜艳的民族服装，合着韵律摆头挥手，耸肩扭胯，步履合着节拍，尤其他（她）们脸上的微笑和喜悦，非常感染人。看了一会儿，发现人越来越多，仔细看，原来是不少围观者也加入进来，有青年，有中年，有成对的，也有单身的。有三个女学生舞姿特别出众，吸引了大家的注意。而后来居上的，却是一位母亲。

她从我身后过来，大概是身后有家人对她说了句什么，她不耐烦地回头道"你别管"。我一看，南方人模样，身材娇小，皮肤很白。让人吃惊的是，她把外衣脱了，只穿了斜肩的内衣，进到人群里，跳了不多时，便吸引了大家，实在漂亮，确是高人一等。在乐曲间隙时，她干脆到边上把鞋脱了，赤着脚回来跳。鞋旁边，一个五六岁的小男孩半张着嘴，傻乎乎地望着她。音乐响了一曲又一曲，更多的人过来围观，更多的人进去跳起来，望着这欢乐的人们，我恍惚有了昨日再现的感觉。

回想起来，那三位女学生给人印象很深。伴着不断变化的舞曲，对着脸跳，转着圈儿跳，拉着手跳，时而叉腰时而背手，脚步的轻盈和舞姿的曼妙，脸上洋溢的笑意和享受，不仅令人叹为观止，更展现了青春的无敌。而那位后来居上的母亲，则给人另一番感受。她从来不关注四周，眼睛似睁似闭，头略仰，望向远处，好像沉醉在什么里。我觉得，与其说她在跳舞，倒不如说她在释放，释放她心中的某种渴望。所以她的身姿步态、目光神情已不能用舞蹈形容，似乎是一种沉潜。

知青时代，为遣寂寞，我吹口琴，而且吹得很好，拍子打得清楚、整齐。我总爱吹《紫竹调》，用高低音反复吹，因为，每吹一遍，那个国庆之夜就浮现在眼前。在我童年，那是狂欢的象征,那就是未来。可在以后的岁月里,再没有那种普天同庆的感觉。长大后,也知道了,自己在童年所看到的欢乐,却曾是许多人没有资格享有的。在怀念"火树银花不夜天"时,更希望过去那在"弟兄姊妹舞翩跹"的"弟兄姊妹"中搞审查甄别,揪出敌人和异己,流放发配,使"人民五亿不团圆"的事情再不会发生。

常常梦到:"火树银花不夜天。"

纵横三千六,逶迤江河长。帝京看胡同,四面连八方。念兹此胡同,生养我家乡。忆之作小诗,午夜献心香。

北海

请扫描二维码,聆听本文背后的故事

匆匆天地客,几来濠濮间。琼岛春荫早,白塔飞柳烟。
荡桨碧波上,忆昔思翩翩。少年结伴日,乱跑争当先。
爬上复爬下,自云在探险。舟随船歌行,红墙绿瓦间。
以为幸福始,"文革"乱了天。大人去运动,孩子没人管。
哄哄几年后,勉强吃上饭。也想上北海,兜里没有钱。
多次学逃票,没少翻栏杆。一次被挂住,从此成笑谈。
下乡再返城,风景未曾变。楼台还秀丽,殿宇仍轩轩。
览遍湖山色,攒钱吃仿膳。青春正年少,心各有所偏。
思在九龙后,约在白塔前。情投意所合,月老牵红线。
劳燕纵纷飞,也曾是云烟。雏儿终落地,轮回重上演。
可叹岁月疾,可喜无动乱。今我入老境,更爱水和山。
歌舞须得体,勿给世添嫌。已老莫卖老,招得人讨厌。
闲静以度日,诗书以终年。

◆ 北海打冰（宗其香绘）

旧梦

闲来游乐地,京城多禁苑。昔日皇家囿,鼎革化公园。
社稷连太庙,北海共景山。祖先呼朋侣,我辈复流连。
日前经行此,故地想少年。当初奔跑地,青年结良缘。
寒灯思往事,旧梦在眼前。一夕昏黄月,塔下攀假山。
嶙峋上下路,牵手互为援。高处寂无人,远眺凭栏杆。
脉脉脚下水,茫茫头上天。昏昏看夜色,唧唧听鸣蝉。
坐于白塔下,仰视塔似悬。天高势欲坠,赖以柱其间。
星河纷起舞,如幻亦如仙。心觉天浩瀚,眼望地无边。
相携一生路,甘苦是必然。朦胧方欲梦,逻者喊静园。
逡巡下山去,大门已半关。人世有代谢,花发有后先。
琼岛永春意,白塔望云烟。

忆昔

忆昔少年时,潮流曰造反。时尚赶潮流,军装最趋先。
头戴国防绿,脚穿白边懒。斜背一军挎,里边半块砖。
上街生是非,横行无人管。后来一整治,顿作鸟兽散。
上山复下乡,初晓人生难。返乡回城里,才知找书看。
社会正迷茫,人心颇混乱。闲得没事干,就有事来填。
忽而甩两臂,忽而打鸡血。忽而玻璃翠,忽而君子兰。
忽而仙人掌,忽而呼啦圈。同今广场舞,家家赶时鲜。
一纸考大学,诸般皆罢闲。文化终昌明,学问重又现。
买书排长队,浩荡不见边。平常肝火旺,此时最耐烦。
讲究绅士派,为入女孩眼。女孩弃武装,专心学打扮。
此后女像女,由此男像男。及今而思之,物物总循环。
河东换河西,风水轮流转。中有天意在,不得有违反。
试观廿四史,知乃不虚言。

履痕

前时闲游日,护国寺前过。回望小吃店,岁月易蹉跎。
有回为平事,曾在里边坐。那时十三四,社会闹"文革"。
少年兴结交,看谁朋友多。一天带伙伴,去见另一拨。
本意是相识,谁知言不合。当场约下架,不容人劝说。
两边皆我友,不能不掺和。回家拿了钱,好烟带几盒。
进了小吃店,各方紧说合。终于听了劝,干戈化玉帛。
青春年少时,光阴如此过。下乡返城后,心急找工作。
春雷一声响,高考炸了窝。把掌擦又擦,把拳磨又磨。
语政都好办,地理没学过。互相来介绍,认识老师郭。
家住小杂院,年约三十多。夫妻都教书,见人特热络。
自备小黑板,又买工具盒。二人轮上阵,细细来授课。
永远不厌烦,总是笑呵呵。课后问冷暖,暖意入心窝。
名声传出后,越来人越多。多时站一院,鼓掌掀翻桌。
南方多雨林,北地多大河。秦岭淮河线,南北的界河。

借得老师力,高考奏凯歌。消息报老师,老师更欢乐。前日过门前,已被拆无多。徘徊思旧日,教诲难再得。但愿人寿永,幸福祈多多。

◆ 故宫侧门(宗其香绘)

文物

文物一时贵，也有一时贱。比如佳男女，须有机会现。
吾国历史久，文物千万万。北京号首善，蛟龙藏深渊。
岂知破"四旧"，此物招祸患。家家毁砸烧，无产最安全。
文化毁干净，大家心乃安。无奈风向标，并非永不变。
忆昔逛京城，刚刚过动乱。专卖老家具，尚有几家店。
煌煌厅堂里，这边望那边。紫檀黄花梨，寂寞无人看。
形只而影单，落魄甚可怜。当时文物价，多是低且贱。
忽然春风来，港澳台老外。大买诸般物，出手万万千。
借此发财者，一时传美谈。添油再加醋，故事万口传。
逐利收购者，长征不怕难。更有盗墓人，发明洛阳铲。
还有不孝子，想钱来变现。干脆挖祖坟，捡出俩破碗。
拿给拍卖行，一问是破烂。气得骂祖宗，贫穷不奉献。
若是老地主，或是大买办。出身多光彩，人前有颜面。
以今而视昔，万事皆有变。犹如买古物，捡漏莫打眼。
文物亦如人，莫作等闲看。毛遂立囊中，冯谖求自荐。
世事多如此，沧海终桑田。

琉璃厂

生养我之地，名曰琉璃厂。百年文化街，古玩字画坊。
瓷器多晶莹，画轴看堂皇。碑帖黑老虎，古书巧装潢。
柜中分杂项，锦匣装印章。上学天天过，浸染日日长。
水边得月多，爱把旧书藏。"文革"遭秦火，曾变焚烧场。
幸我华夏广，处处有宝藏。忆初进店铺，只是为欣赏。
形同入宝山，流连复彷徨。后有三五钱，见爱即解囊。
好物如好色，二者号相当。钱多物亦贵，永远追不上。
陋室堆破书，挑灯看文章。出门何所适，信步老地方。
店里上下人，无日不来往。倚架尽谈笑，悦性在肆堂。
仿效谢刚主，拾得瓜蒂长。闲时有所寄，遣性亦良方。
如今每一过，惆怅念家乡。物是人多非，轮回不重样。
愿有中华神，在在放灵光。护我书香脉，佑我琉璃厂。

什刹海

后海繁华地,乐歌逐管弦。珠光耀宝气,绿女傍红男。
人问住此者,是否大有钱。可是权势要,近旁把身安。
人只看虚华,其实大不然。权豪所居处,从无市井喧。
出行赫且焰,家居静以闲。围墙长肃立,大门气森严。
廊檐涂重彩,兽头衔门环。门洞看空阔,石狮守两边。
花窗巧制作,样式皆新鲜。依依语声微,朦朦灯火黯。
贫富永对立,隔绝地与天。反观酒吧街,喧嚣闹翻天。
家家酒吧女,店店侍应男。歌唱又蹦跳,尘土弄满脸。
油炸羊肉串,烹焖龙虾鲜。可惜诸般物,皆非大人餐。
百姓要喧闹,大人要参禅。若有脏污事,僻处最安全。
城中水为贵,都想傍水眠。民贵社稷重,天平落哪边。
漫步杨柳岸,遥望落红天。百年皆如此,思之亦惘然。

紫竹院
——晚行紫竹院因忆《紫竹调》

晚行紫竹院,人寂静无喧。紫竹深如梦,飒飒去无边。
因忆《紫竹调》,徘徊在心间。水畔思悠悠,曲中多绵绵。
长笛多嘹亮,竖琴如流泉。提琴比钟鸣,深沉而遥远。
如云起空谷,飘落又盘旋。似号响山间,高亢复舒缓。
为还旧时梦,几去潘家园。不搜奇珍宝,只觅旧唱片。
旧时轻音乐,收取不计钱。所谓还旧梦,以此见少年。
青涩之初愿,谁言不永远。童稚看未来,百岁亦新鲜。
静中听天籁,踏空如响板。多少幽梦影,纷纷落其间。
人生看阔大,人微未轻言。下有长逝水,上有浩荡天。
无负平生学,穷通作云帆。美矣紫竹曲,永驻我心田。

京俗

胡同四合院,北京一景观。说是具特色,实乃习俗然。
如今成卖点,到处来参观。几条假胡同,两个包镶院。
旧屋架高梁,住进新莺燕。帝京布格局,一竖三横简。
由此向四方,小巷万万千。四合三合院,几进带花园。
看你居何位,趁得多少钱。平民居杂院,花树在其间。
枝上挂鸟笼,树下理琴弦。京俗多享乐,院小亦观天。
理顺阴阳道,从不往前赶。没事站一街,闲聊坐一院。
春游芳草地,夏赏绿荷天。秋吃菊花酒,围炉扯闲篇。
忽而拉家常,忽而扯国是。滔滔逞雄辩,个个要争先。
有嘴逞其能,没心显其憨。不愿去外乡,一家庆团圆。
人生各有好,莫作齐同观。自幼长于此,如树绿满园。
蜂蝶年年落,燕雀岁岁喧。月夜望北斗,纬地亦经天。
乡土家国乐,漾漾京华间。

男女

京华多美女,地气使之然。所以号大妞,是其没心眼。
千叮万嘱咐,一怒全玩完。也有小算计,却少坏滑奸。
外表能咋呼,内心常柔软。能闹不阴损,能嚷不果断。
北方人脾气,先祖花木兰。老公与其配,能吃一锅饭。
动辄爱瞪眼,哥们却成片。热情兼豪爽,说话没遮拦。
晚睡好神侃,电线杆下站。牛皮加时事,入地再上天。
全家吃喝睡,承担无怨言。家里顶梁柱,宛然一门闩。
饭前两杯酒,飘飘醉醺然。饭后一颗烟,忘了在人间。
大业肉食者,大爷活神仙。闾巷胡同里,遗风即这般。

胡同

纵横三千六,逶迤江河长。帝京看胡同,四面连八方。
大者多车并,小者一人藏。路面皆平整,院落排两旁。
门前植绿柳,门后种槐桑。树茂遮风雨,叶盛挡阳光。
鸟雀筑巢穴,终日翔其上。院门分大小,石狮蹲两旁。
常被孩子坐,乌黑又闪光。墙根摆花卉,时时飘异香。
鸽子七八只,电线杆子上。咕咕叫不停,让人心发慌。
电线杆子下,爷们来乘凉。毛巾搭背脊,喝茶搪瓷缸。
大侃山海经,神说乌有乡。哥们来招呼,媳妇坐身旁。
孩子满街跑,到处乱吵嚷。晚霞耀碧树,暮霭遮天光。
巷空人寂后,夜色如水凉。念兹此胡同,生养我家乡。
如今起大厦,处处皆变样。忆之作小诗,午夜献心香。

天上人间！

夜色隐古城，危楼蔽群星。灯火耀天际，月是故乡明。
阡陌连平野，街巷尽纵横。云里望帝阙，雨中赏芳英。
白塔分碧水，佛香听诵经。三海杨柳绿，香山枫叶红。
敬学国子监，祝祷雍和宫。食肆罗千味，学府聚群英。
商铺数逾万，百业看兴隆。士女逐繁盛，相携街里行。
一座千年城，古老又年轻。处处有遗迹，家家善经营。
前门大栅栏，宫女说玄宗。祖先埋骨地，在在有神灵。
年年祭奠日，细雨洒清明。外邦异乡客，攘攘多如蜂。
皆愿在此间，讨个好营生。天下仅此处，天上觅无踪。
有中看无有，无中把有生。愿我北京城，万寿加永恒。
燕赵悲歌地，英气冲日星。

人间天上：前些日子，外出办事，作为一个老北京人，几乎找不着北。北京太大了，过去以楼群和麦子地判断自己在城在乡，如今看来是老王麻子。所去的地方在城东，可是公交车开了停，停了开，停、开，开、停，一路畅通，就是开不到地方。街边高楼林立，大厦云起，没有城乡接合部半点影子。返回时，坐了出租车，时正傍晚，一路堵车，心却不急，眺望窗外，深深感动。

放眼望去，转盘路纵横交错，像巨大的蛇群蜿蜒伸展，没入天边。天边，烧得通红的落日仍带着不可抗拒的威严缓缓落下。晚霞，怒潮澎湃，金蛇狂舞。拔地而起的高楼，前面灿烂辉煌，后面深沉幽暗。两座弧形大厦在云霄间显示着人们对美的追求。

"改开"之初

"改开"初露面,事事皆新鲜。大政共小事,一日几多变。

街头巷尾里,件件都惊艳。蹬车扛鞋女,夜黑墨镜男。

听歌有录音,冰箱来保鲜。洗衣能甩干,娱乐有彩电。

《追捕》配《望乡》,《血疑》生死恋。百惠携三浦,中野高仓健。

甜蜜声声至,武打滚滚来。K歌打分机,牛吼即得百。

忽而黄裙子,忽而红搭黑。无论红黄黑,样式同剪裁。

物质既丰富,精神随之来。潘晓突发声,人生路太窄。

由此论雷锋,主客观细掰。启智有萨特,跟进荒谬派。

继以卡夫卡,接踵港澳台。金庸梁羽生,客厅说太太。

全民齐经商,众口评好坏。金钱与道德,论争从不衰。

身被裹挟中,思被其所乱。新潮朝朝至,旧浪时时现。

谁也不明白,到哪算一站。抱着紫花猫,摸着大石头。

领头下河者,都是英雄汉。四十年已过,得失桩桩见。

有成也有败,细细来察验。祝福我家乡,处处闻莺燕。

愿我中华土,光辉永灿烂。

蹬车扛鞋女：改革开放初，一日出行，风雨中，见一青年女子，一手打伞一手扶车，飞快前行，却光着两脚。原来她把两只凉鞋鞋带互系，扛于肩上，因鞋乃皮凉鞋。又某日周末，逛陶然亭，一女子穿一后跟极高之漂亮凉鞋，一拐一拐，痛苦万状。见路边座椅皆满，唯一椅尚余一窄边，急步过去，一屁股坐下，惹得旁边老太太白眼。"都怨你！都怨你！"女子斥其男友。男友装没听见。不过此女并未脱鞋晾脚，甚自律。

夜黑墨镜男：也是改革开放初，秋天傍晚，一友戴一大墨镜来看我。我说，你从哪儿弄俩酱油瓶底戴上了？他说，这叫墨镜。我说，屋里黑，摘了吧。他说，没事儿。我说，你看得见我吗？他说，没问题。我看他墨镜上有挺大的商标，想帮他撕了。他说，不能动！这是标牌。

甜蜜、武打：指邓丽君歌曲和香港武打片。

打分机：机器不会打分，谁的声音大，把它震了，它就给谁高分。我有一友，声高可追金少山，有唱铜锤花脸的劲儿，所以一"OK"，打分机回回给他最高分。

忽而黄裙子，忽而红搭黑：那时少女流行穿色彩明快的黄颜色裙子，街上一望一大片，所以当时有个电影即取名《街上流行黄裙子》。不久又流行上身穿红色外套，下身穿黑色弹力裤，突出腿部曲线。因此大街小巷，到处红与黑。

客厅说太太：民国才女林徽因的客厅有"太太的客厅"之称，交往者皆文人雅士，名重一时。此处代指那时的文学艺术。

中秋漫题

长街月当头,灯微路人稀。少有望月者,多是入宴席。
三巡团圆酒,两道不同鱼。吃喝要尽欢,杯盘尽须臾。
人人皆夸口,当年勇屡提。归来残羹饭,猫狗得食余。
老者去睡觉,少者打游戏。一年忧与惧,抛下不再提。
冰魂去从容,玉魄谁能替。月本非有情,圆缺依其律。
中秋乃节气,时令各一一。吾人求幸福,红丝月下系。
何人初见月,谁令月照人。一年复一年,一夕又一夕。
花落令人悲,花开让人喜。世间行路难,人生盼欢娱。
忧乐生老死,流转无穷已。千江水明灭,万里月盈虚。
运命由天定,逆旅暂栖息。月色笼罩处,皆令我心迷。
清光徘徊地,皆合我心意。桂花看摇落,风起语依依。
碧海青天恨,归来可有期。窗前独坐久,夜凉自披衣。
光阴不我许,令人长叹息。

紫禁城行走

暮色走金乌，紫垣傍玉兔。御河留树影，绕墙独行孤。
角楼分日月，紫气看有无。谁说帝王家，人生最幸福。
一块巴掌地，从此不得出。江山几万里，难得行一步。
男耕叫耕夫，女织唤蚕妇。也知难相见，画出耕织图。
反观尘世间，皆想做人主。人主当不成，退居当帝傅。
君问何如此，权势煊当途。人上与人下，世间太悬殊。
男人斗前庭，女人斗后宫。不敢稍懈息，有谁望星空。
宫外秋露白，宫里丹墀朱。仍不顾生死，岂肯稍停步。
虽有贤良者，总是势力孤。仰仗好皇帝，万姓才富足。
抬头见景山，夜色笼五亭。圆月亮且大，风清雾霾除。
因之想崇祯，勤劳加简朴。惜哉性偏急，而乏治国术。
在位十七年，五十三首辅。一月便遭贬，三月一逢诛。
国破杀妻女，煤山命呜呼。治国有风险，朝堂要慎入。
为国为民者，不计生死途。清芬留身后，彪炳在史书。
升斗小民者，安定即愿足。河清海晏日，齐把万岁呼。
徘徊至宫门，北斗隐若无。夜深人归晚，长街感风露。

航拍北京夜景

昨晚看北京电视台航拍北京夜景,夜色中,苍穹下,庞大的京城以中轴线向东、西、南、北四个方向伸展,无穷无尽。万家灯火,璀璨光明,一派雄浑壮阔,浩荡苍茫。联想中央电视台航拍祖国各地风光,处处层林叠翠,花海如山,江河滚滚,溪流涓涓。深为祖辈留下的广袤大地感动。先民筚路蓝缕,以启山林,后人自当继往开来,赓志前行:

四时轮替春当先,北鸟回归看翩跹。
丰乳肥臀育大地,嫦娥北斗舞高天。
兴邦聚起洪荒力,大业堆成锦绣山。
愿我中华葱郁土,生生不息亿万年。

图书在版编目（CIP）数据

50后的青春/陆昕著. 一 北京：文化艺术出版社,2019.1

ISBN 978-7-5039-6646-0

Ⅰ.①5… Ⅱ.①陆… Ⅲ.①叙事诗-诗集-中国-当代②散文集-中国-当代 Ⅳ.①I217.2

中国版本图书馆CIP数据核字(2018)第292780号

50后的青春

著　　者	陆　昕
责任编辑	高天航
数字编辑	李岩松
书籍设计	丁智睿
出版发行	文化藝術出版社
地　　址	北京市东城区东四八条52号　（100700）
网　　址	www.caaph.com
电子邮箱	s@caaph.com
电　　话	（010）84057666　（总编室）　84057667　（办公室） （010）84057696 — 84057699　（发行部）
传　　真	（010）84057660　（总编室）　84057670　（办公室） （010）84057690　（发行部）
经　　销	新华书店
印　　刷	鑫艺佳利（天津）印刷有限公司
版　　次	2019年10月第1版
印　　次	2019年10月第1次印刷
开　　本	787毫米×1092毫米　1/32
印　　张	7.5
字　　数	120千字
书　　号	ISBN 978-7-5039-6646-0
定　　价	58.00元

版权所有，侵权必究。如有印装错误，随时调换。